JE TE REPARLERAI D'AMOUR

Du même auteur

LA GUERRE A NEUF ANS (*Grasset*).

TOUPIE LA RAGE (*Grasset*).

GUERRE APRÈS GUERRE (*Grasset*).

PASCAL JARDIN

JE TE REPARLERAI D'AMOUR

roman

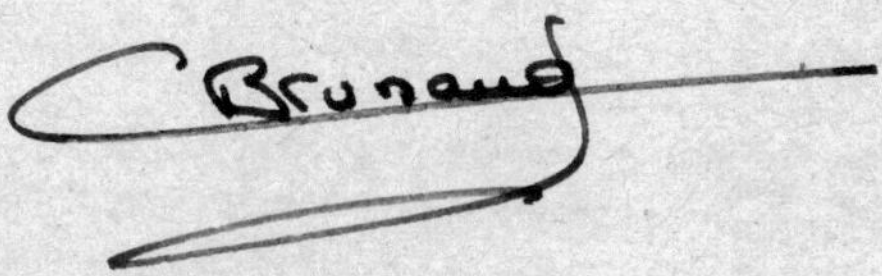

JULLIARD

ISBN 2-266-00336-9

Moi je sais tous tes sortilèges
Tu sais tous mes envoûtements
Tu m'as gardé de piège en piège
Je t'ai perdue de temps en temps

Jacques BREL

I

— Mais vous savez bien que Jérôme et Zarra ne veulent plus tourner ensemble depuis leur séparation.

— J'en fais mon affaire. Et ils n'en seront que meilleurs...

Un verre tomba, roula et se brisa. Personne n'eut un geste pour le ramasser. Les glaçons qui s'en étaient échappés fondaient sur le parquet, produisant des flaques qui allaient grandissant. Le Satrape haussa le ton. Julien ne l'écoutait plus. Ce mot de séparation vivait en lui comme une balle qui n'aurait pas été retirée. Son corps voulait la chasser. Son cœur voulait la garder. Pourtant, il y avait déjà longtemps que Julien et Clara ne vivaient plus ensemble. Pour elle, il ne savait pas bien. Non, il ne pouvait pas dire. Mais pour lui... Quarante ans. Cloué comme une fille à l'arpent du trottoir qu'on lui a imparti, comme les vieux dans le silence, comme un enfant illettré devant un livre ouvert, perforé, transpercé, comme le papillon du collectionneur sur une plaque de liège, avec dessus le cache, le cadre et puis la vitre étanche. Faut-il donc être fou pour avoir tout misé sur une simple femme, une bête qui mord autant qu'elle caresse, avec une petite tête dure comme le fer où les idées des hommes n'entreront jamais, une bête, belle comme un dieu païen, et si vulnérable avec son ventre qui saigne toujours une fois le mois. Tout misé, tout envisagé là-dessus ! C'est une erreur de jugement comme une route en impasse, où l'on vient donner à fond de train, le front nu contre un mur de pierre, et de lamentations, où le piège de la fidélité se mêle aux larmes de sang de l'infidélité. C'est l'idée d'absolu qui se dissout soudain dans le raccourci de notre propre durée, de nos vies et de nos sensations, et de nos sentiments qui, à peine conçus et ressentis, tournent en mauvais vinaigre, quand ce n'est pas en pus, celui des vrais abcès, le jaune, l'horrible à voir. L'agonie des passions qui ne veulent pas mourir ressemble aux nuits sans fin de certains hôpitaux, où dans les salles immenses les plaintes des opérés ne s'arrêtent jamais. C'est le murmure — passage de la vie au trépas, celui que n'écoutent pas les infirmières pressées d'aller au cinéma leur service fini.

Et pourtant, ceux qui voient le soleil dans les yeux d'une maîtresse, et lisent leurs blessures sur des lèvres peintes en rouge, et la houle du large dans les hanches d'une femme, ceux-là voient bien plus loin que la plupart des autres. Il y a des hommes qui naissent pour la guerre, d'autres pour aller sur la mer ou franchir les montagnes, d'autres, peut-être bien pour rien. Et puis, il y a une minorité qui n'a rien demandé et qui possède le privilège terrible d'être née pour mener ses rêves au bout. Sans elle, le monde n'aurait ni musique, ni temples, ni folies, ni grandeurs, ni mystérieux désastres. Ceux-là portent sur leurs épaules les voûtes immenses des cathédrales imaginaires qui font tourner le monde, et dont rêvent, la nuit, les filles amoureuses, les savants, les enfants. Julien était de ceux-là. Il avait compris très jeune que son corps, fait de cellules provisoires, devait être utilisé rapidement. C'était l'outil précaire qui devait lui permettre de percer les mystères qui nous portent et nous cernent.

Seulement Julien n'avait pas toujours eu le courage de regarder ces mystères en face, il avait souvent triché avec eux, et son jugement s'en trouvait parfois altéré. Alors pour rester convenable, par delà ses déceptions, et pour ne pas se perdre, il regardait, au bout de son rêve, ce halo indistinct et diablement précis qui errait dans la brume au terme de son chemin. Il regardait sa fin. En levant le grand rideau du spectacle sur les révélations de Macbeth, Shakespeare fait entrer de plein fouet l'absolu sur la scène. Il formule l'impensable, le trépas, et avec lui glisse et rôde la curiosité de l'inconnu et de l'au-delà. Toujours, Julien avait été fasciné par le dialogue avec cet interlocuteur muet. Il savait que si on ne peut choisir sa naissance, on peut choisir, sinon sa vie, du moins le jour et l'heure de son propre terme. Il n'avait jamais aimé les voyages. Un seul le tentait : ailleurs. Mais avant d'aller plus loin, il voulait se souvenir, et surtout il voulait comprendre. Le passé le plus lointain est rattaché en nous à chaque geste du présent. Il faut arriver à la peinture et à l'analyse simultanée des deux, pour trouver des images qui présentent une juste profondeur de champ, et des perspectives exactes. Il voulait recréer, car il voulait comprendre...

⁂

Les doigts épais entrèrent en même temps dans les deux yeux de la carpe ventrue. Ils explosèrent comme des billes creuses remplies d'huile. La bête royale, plus de dix kilos de perfection, de grâce nonchalante et d'aérodynamisme moussu et brillant, eut le soubresaut effrayant de l'innocence mutilée. De sa main énorme, le paysan, qui pataugeait dans l'eau noire, la souleva hors de la vase comme dans une tenaille. L'homme avait dû se lever dès l'aube. Rasé de trop près pour les besoins de la fête, son menton volontaire et son cou rougeaud portaient les estafilades de la précipitation. Il avait un vieux costume de drap vert qui devait lui venir de sa famille et, en guise de cravate, un ruban de coton noué en lavallière. Du ponton et des barques, tous les autres l'acclamèrent. Sur les sentiers de la forêt qui convergeaient vers l'étang mis en perce comme un tonneau, tout un monde agricole cheminait vers la fête en une longue cohorte, chenille processionnaire.

C'était la première fois depuis cinquante ans que les propriétaires, des hobereaux de basse Normandie, faisaient vider les pièces d'eau afin de les curer. Les bondes et les écluses déversaient des goujons à foison, des perches et puis du blanc, menu fretin, friture de pauvre et de marécage. A l'arrivée de chaque gros brochet on hurlait de joie. Mais c'étaient bien les carpes les plus applaudies, les plus perdues, les plus belles, les plus douces, les plus mythiques. Ces reines des profondeurs oubliées, gorgées de vase et de vermisseaux, faisaient l'admiration furieuse de la grande kermesse. On les prenait, on les soupesait, on les lançait. Gluantes, elles échappaient. Sans défense et sans voix, les doux monstres affolés se lovaient sans espoir au milieu des feuilles mortes. Crochets, bâtons, lourdes chaussures ferrées, tout était bon pour les tuer gaiement et transformer le meurtre en fête dominicale. Une joie homicide environnait le lieu. Le soleil brillait dans les sous-bois roux de l'automne. Le cidre coulait à flots. Les hommes avaient les yeux brillants et les filles des idées. Le massacre des poissons dura toute la journée. Il fallut à la compagnie plus de dix heures pour détruire ce qu'une nature miraculeuse et protégée avait mis plus d'un demi-siècle à faire grandir en secret.

Clara avait peur. Elle tenait la main de Julien. Mais quand donc était-ce ? Il y a cinq ans peut-être ? Pourquoi tous ces souvenirs désordonnés et si précis ? Voilà qu'ils se présentaient à Julien un à un, non pas dans l'ordre chronologique, mais peut-être dans l'ordre des émotions ? Brusquement, il comprit que l'immense richesse de sa vie était derrière lui. Il faudrait dorénavant qu'il fasse avec son acquis.

⁂

Un hurlement plus rauque que les autres l'arracha à son rêve.

Devant lui, le Satrape se tenait sur ses jambes courtes. Julien voyait sa tête de lion, son nez bourbon, sa tignasse de prophète, ses yeux flamboyants et sombres, et ses mains petites et fortes qui décrivaient dans l'atmosphère sinistre du lugubre et gigantesque salon des arabesques imprécatoires. Julien regardait tous les autres Arabes présents écouter le meneur. Il y avait là un ministre algérien, un des fils de l'émir du Koweit, et toute une ribambelle de faces de guerriers venus du Golfe Persique, les uns gras comme des loches arboraient un maintien appris à Oxford, les autres, secs comme des triques, avaient des têtes d'aigle, des visages de pillards du désert avec des nez crochus, parfois surmontés de curieuses lunettes d'or.

Pierre-François Ayoubi, dit le Satrape, fascinait tout son monde, même le banquier suisse égaré parmi les peaux mates avec un Américain, ambassadeur itinérant de l'un des plus puissants trusts multinatioaux. C'est à Julien surtout que s'en prenait Ayoubi. Conscient de servir de prétexte à la démonstration éblouissante et forcenée de son ami, Julien se taisait. Tout y passa. La France de Charles Martel avait vécu. La contre-bataille de Poitiers serait menée sur le plan économique. Le sort des armes était joué d'avance. Notre ex-empire colonial allait nous coloniser, et notre judéo-christianisme de merde, nous allions l'avoir dans le pot de chambre pour une dizaine de siècles ! Pour appuyer ses dires, le Satrape eut un geste féroce qui évoquait la sodomisation brutale de toute une nation. Puis il partit d'un rire de barbaresque qui fit résonner le lieu.

Julien ne savait jamais quand Ayoubi jouait et quand il était sincère, ni quels objectifs véritables cachaient ses provocations. Mais un jour, au cours d'une soirée, quelqu'un avait dit qu'il avait rencontré Clara la semaine précédente à Londres et avait décrit avec précision la robe qu'elle portait.

Julien avait changé de couleur. Alors le Satrape, le dévisageant d'un œil grave, l'avait interpellé publiquement :

— Je vous comprends et je ne vous approuve pas. Le désespoir est impardonnable en tout, sauf en amour, puisque l'amour réduit le monde à un seul être. Je respecte donc votre désespoir, mais je refuse la réduction. Nous autres, Arabes de sang et d'esprit, nous voulons bien distraire un moment notre volonté de Dieu, mais nous ne voulons pas que ce soit pour une femme, c'est-à-dire pour nous-même. La vie est trop courte et Dieu trop grand.

Dès lors Julien, nullement convaincu, avait regardé Pierre-François autrement et compris l'attraction que celui-ci exerçait sur lui : dans un milieu fait d'agitations vaines, de velléités ambulantes, de somnambules mous, prisonnier de petits rêves, il avait rencontré cette chose si rare : une volonté.

Sous l'énorme et insolite lampadaire d'usine qui pendait du plafond aux moulures Napoléon III, le visage bistre avait tour à tour et les traits d'Othello et puis ceux de Iago. Il était difficile de penser que l'on était à Paris dans un riche immeuble du Rond-Point des Champs-Elysées. Même si l'on savait que Pierre-François Ayoubi était producteur, ici le monde du cinéma atteignait au paroxysme de l'extravagance. Rien que le logement, quatre cents mètres carrés d'étage de maître, peint en beige uniforme, des couloirs aux murs tapissés de coquillages, un mobilier de béton incorporé aux murs, quelques très rares fauteuils fabriqués avec des tubes à échafaudage, un éclairage de cauchemar sorti tout droit du *Métropolis* de Fritz Lang, une cuisine pourvue de plusieurs tables de café afin de faire bistrot, deux valets pédérastes et berbères, un nain comme bouffon, un ancien boxeur fou comme souffre-douleur, rien ne manquait à la panoplie qui semblait avoir été dessinée par Jérôme Bosch.

Ayoubi se sentait bien chez lui, et comme à sa place, dans ce désert de nulle part. Il avait une maîtresse fort jeune, fort belle et très blanche, à la peau d'une pâleur 1900, qui évoquait les romans de Paul Bourget. Il la traitait brutalement comme les autres, comme tout le monde, comme lui-même. Atteint d'une méchanceté démoniaque, et affublé d'une mécanique intellectuelle hors pair, le Satrape n'avait que trente-trois ans. Suicidaire de vocation, promenant sur le monde un regard de puissance colérique, il haïssait ses semblables avec une constance désespérée qui, pour Julien, avait quelque chose d'émouvant. Ayant été le promoteur de plusieurs gros succès, dont l'un était un très beau film, le Satrape avait gagné deux milliards, puis il en avait perdu trois. Cela l'inquiétait peu. Il n'avait que mépris pour les soucis financiers et temporels qu'il considérait comme aussi passagers et éphémères que sa propre existence. D'ailleurs, il était aussi généreux de son propre argent que de celui des autres. Et puis, il avait une vue très large sur la manière de faire. Il voulait non plus produire au coup à coup, mais accaparer les réseaux de distribution, monopoliser les salles, regrouper la production, dicter sa loi aux stars, aux metteurs en scène et aux auteurs. Bref, contrairement à ses confrères, il ne voulait ni gagner d'argent, ni même aider les créateurs. Il voulait, et cela pour commencer, régner, écraser, mettre au pas, mettre en boîtes les films et les hommes. Pour ce faire, il envisageait tout, pogromes, création de camps pour l'internement de ses ennemis, procès à jet continu, création d'un fonds monétaire du cinéma, financement paritaire, publicité fracassante, scandales, mystères, coups d'Etat, coups de gueule et à la fin des fins main-mise sur tout l'audio-visuel. Il pensait que, ce but atteint, il serait enfin possible de dire à la multitude ce qu'elle devait penser, boire et manger, et cela une fois pour toutes. Sous la folie des gestes, des paroles et des actes, perçait une sagesse étrange, annonciatrice de lendemains calamiteux pour le monde occidental.

Pierre-François avait posé en principe dès l'âge de raison que nos institutions étaient des leurres, la propriété un vol, la démocratie une folie qui nivelle par le bas et détruit les élites, qu'après avoir inventé et subi toutes les tyrannies, nous souffrions d'un excès d'égalitarisme qui nous rendait ingouvernables, bref que le mal l'emporterait, que l'Histoire allait fermer ses portes, et notre monde terminer dans le chaos. Il préparait ce désordre. Il y cherchait la démarche et l'ordre de demain, considérant nos Mandarins de la politique, de l'argent et du syndicalisme comme des quilles chancelantes, des branches de bois mort. Témoin de l'agonie européenne, amusé jusqu'au fou rire par nos cerveaux de rats affolés, tombés dans une trappe, il pensait que notre intelligence nous perdait, et que la libre coexistence dans tous les esprits des idées les plus dissemblables, et des principes politiques les plus opposés, bâtissait chaque jour davantage notre perte collective. Mais son génie mal appliqué, car toujours en avance sur une société stagnante, le portait en fin de compte à se retrouver tôt ou tard vaincu par les médiocres. Cette idée funeste le réjouissait d'avance. Alceste islamique, il tenait lui aussi à perdre son procès.

D'une manière générale, il ne se passait guère de semaines que Pierre-François n'assommât de ses mains l'un de ses ennemis. Des influx nerveux fulgurants compensaient sa petite taille, et décuplaient l'efficacité de sa musculature puissante. Sa colère faisait le reste. Il avait pour devise de toujours frapper un homme à terre quand il est vraiment bête. Quel travail. Il croyait en sa force et en son invulnérabilité. Un jour, affligé d'un énorme abcès à l'oreille, il s'était soigné seul avec de l'eau bouillie. En moins d'une semaine, sans le secours d'aucune médecine, il avait trucidé tous ses staphylocoques. Depuis lors, les microbes et autres virus semblaient ne plus oser l'attaquer.

Dans un pays aussi âgé que la France, la manière dont le Satrape appréhendait la vie, ses projets politiques, ses plannings financiers, tout cela n'allait pas sans créer quelques rumeurs, querelles et grincements de dents. Les Pouvoirs publics et les pouvoirs privés se liguaient pour l'écraser, puis, certains éléments séduits lui faisaient parfois des ouvertures. Les plus courageux s'associaient même à lui pour un temps, mais à la fin des fins, nul ne voyant vraiment où il allait, tout le monde finissait par l'abandonner. Ravi de la bêtise et de la lâcheté humaines. Ayoubi continuait tout seul avec l'aide hypothétique de l'or venu de l'Arabie. Julien aimait beaucoup Pierre-François. Le fait que l'autre l'ait publiquement menacé de mort ne l'avait jamais affecté. Les mots des grands Arabes n'ont pas le sens des nôtres. L'imprécation fait cortège à leur pensée quotidienne. Et puis, il était séduit par cette intelligence maudite, qui semblait en fin de compte ne fonctionner que pour préparer le jour somptueux de sa propre perte.

L'arrivée d'un metteur en scène américain fit que le débat changea de langue. Julien qui ne parlait que le français prit congé et quitta le bouillon de culture sans qu'aucune décision concrète ait été prise sur le film qu'il avait en projet avec le Satrape.

II

Très jeune, avant de rien connaître de l'unité de mesure qui permet l'écriture, soi, avant d'avoir fréquenté son propre esprit, sinon par des rêveries, il s'était juré d'être écrivain, un immense, un énorme, un Hugo. Ce serment orgueilleux, il se l'était fait à l'âge où l'on se promet d'être plus tard pompier ou aviateur. En rêvant indéfiniment de ces deux métiers, les enfants obéissent à un instinct puissant, celui de maîtriser un jour le feu et le ciel. Aviateur, pompier, écrivain, à l'âge de raison, dans l'esprit de Julien, c'était la même espérance, pour garder la barre haute, face à une certaine idée de l'absolu qui l'obsédait et l'écrasait par avance. Ensuite, dans un univers de grandes mutations où ne se pratiquent plus guère que les substituts de l'écriture, il avait eu du mal à rencontrer et à se mesurer au vrai miroir, au vrai travail, au talisman, le livre. Avant, il avait pataugé de manière incertaine dans le journalisme, et puis, par hasard, il était tombé dans le cinéma.

Le cinéma et lui. La même inculture totale. Coup de foudre, bonheur-passion. Malgré ses ambitions, ou à cause d'elles, quand il avait vingt ans, il travaillait très vite, faisant un peu n'importe quoi comme on jette sa gourme. Et puis, peu à peu, comme malgré lui, était venue la réflexion. Il n'aimait pas les religions à la mode. De Descartes, il avait retenu qu'il vaut mieux tenter de se modifier soi plutôt que de vouloir changer l'ordre du monde. Il doutait de tout, mais avec espérance. Comment ne pas laisser sa chance à Dieu ? Dans un monde trop spécialisé, il ne se sentait spécialiste qu'en universel, autrement dit en rien du tout. Témoin involontaire d'une époque trop rapide, il appréhendait le monde à tâtons. Le mouvement de la terre allait devenir trop fort pour arrêter un dogme, pour qu'un arbre ou un homme puisse demeurer debout. Nous allions en voir des vertes et des rouges. Notre crise de civilisation allait se radicalisant : sommets et fossés abyssaux, plus de plaines, plus de plat, rien que des plaies, rien que des bosses. Il existe une logique inéluctable, qui après avoir créé l'ordre social le transforme en son contraire, et quand le chaos est à notre porte, l'esprit piétine et puis se perd.

Quand Julien était enfant, il aimait à penser : plus tard je serai si fou que je ferai peur aux fous, et la vie, poignée d'eau, j'en ferai de la glace. Plus tard était venu. Il avait les mains vides. Pendant dix ans, il avait eu une femme, Clara, un soleil. Après il avait eu des femmes. Le nombre n'avait jamais remplacé l'unité. Pourtant, il avait parfois fait des rencontres importantes, mais il n'était plus apte à les assumer.

La route étirait son ruban de goudron. Il alluma la radio. Un politique réclamait le droit à la parole. Mais le son de sa voix ne donnait que des mots, et la colère partisane du tribun n'accédait qu'au bruit, pas au langage. Il éteignit le furieux et pensa à sa femme. C'est drôle l'absolu, comme ça vous tue un homme quand ça vient à manquer. Mais où donc était-il passé, le temps où chaque nuit, le lit arrivait en avalanche ? Il revoyait le sourire de Clara, il l'entendait encore :

Prends dans tes mains ma taille mince,
Et viens me faire un petit prince...

Sa voiture enjambait un pont. Un panneau annonçait la Loire. Au-dessous, de droite et de gauche, strié par les barreaux des garde-fous, il voyait le fleuve maigre et traître qui sillonnait parmi les bancs de sable et les arbustes.

— Dis, papa, la Chine, c'est au-dessus de la Loire ?

Il régla le rétroviseur pour regarder son fils. En voyant ce visage d'angelot florentin bourré de démons et de tendresses, il eut la certitude que l'enfance et plus tard ne sont pas les mêmes vies. L'âge conduit au silence, l'amour, l'idée de la mort, la maladie, la misère et l'argent, tout converge vers le silence.

— Dis, papa, pour la Chine ?

— Elle dort, mon chéri, ne la réveille pas.

Rassuré et heureux, l'angelot se rendormit sur des rêves de jeux, où les chevaux sauvages et les bateaux marins luttaient contre les vagues dans un grand tintamarre.

Julien ralluma la radio de bord. Les nouvelles étaient ordinaires. Les Corses s'étaient constitués en phalanges et défilaient dans Ajaccio pour protester contre les boues rouges venues d'Italie. Entre deux eaux, les boues polluées avaient-elles peur, refluaient-elles vers la Sardaigne ? Le speaker ne le disait pas. Dans le Larzac, des paysans disputaient le terrain à quelques forces armées. Les premiers cherchaient un champ de manœuvres dans un pays trop petit. A la prison de Versailles, les détenus révoltés arrachaient les tuiles des toits. Dans Paris, la police mécontente paralysait la circulation. Même dans les hôpitaux, les médecins faisaient grève. Parfois certains malades venaient se joindre à eux. Les églises, également, n'étaient pas épargnées, et pour se confesser, il fallait un billet signé par un évêque. Les hommes refusaient le travail, les loisirs, la lecture, le cancer, la noyade, qu'il fasse nuit la nuit et même froid l'hiver. La chaleur de l'été n'était pas mieux admise. On contestait la vie, on refusait le destin. Personne n'y comprenait plus rien. Chacun creusait sa fosse de Babel. Les riches vendaient, les pauvres achetaient, malgré la colère des syndicats, des communistes et des patrons. Les valeurs les plus certaines ne se vendaient plus rien. Jésus et Mahomet, le pétrole et l'atome avaient atteint leurs cours plancher. L'inflation galopante avait tout dévalué.

Avait-il vraiment entendu tout cela ? Non ce n'était pas possible, pas encore, pas aujourd'hui. Il avait dû rêver les nouvelles de demain.

Soudain, il vit une flèche de bois braquée sur un chemin vicinal. Elle était peinte hâtivement et clouée sur un arbre. On y lisait le titre du film : *La Commune.* Il suivit. Huit cents mètres plus loin, il vit des projecteurs, les techniciens, le groupe électrogène et le camion de son. David s'était réveillé. Il voulait tout savoir.

— C'est quoi les maisons en carton ?

— C'est Paris, c'est Montmartre.

— Pourquoi vous faites Paris à la campagne ?

Ils descendaient de voiture. Julien retrouvait le metteur en scène, un Grec très doué, trop peut-être, et puis le chef opérateur, et toute la troupe itinérante de comédiens et de techniciens, qui tanguent d'un film à l'autre à longueur d'années. Ce sont des êtres à part, qui ignorent souvent que leur vraie chance et leur privilège, c'est l'insécurité. David était pris en charge par un assistant. Julien retrouvait Jérôme. Ils s'embrassaient. Ils avaient fait sept films ensemble. Ils étaient frères par la tendresse et l'amitié.

— Silence, moteur.

La caméra, cyclope du vingtième siècle, était braquée sur Jérôme. C'était la dernière scène du film. Une poignée de Versaillais le fusillaient. Il tombait. Il mourait. Il se relevait et on recommençait. David regardait les yeux écarquillés cette existence parallèle qu'est la dramaturgie. On éteignait maintenant les projecteurs. Le travail se terminait. Jérome était littéralement pris d'assaut par les photographes venus de Paris. Julien le regardait faire face à sa notoriété. Jérôme, si follement célèbre, entièrement seul. Il vivait du regard des autres. Il le savait. Comme d'habitude, on le fouillait des yeux, on était fier de l'apercevoir, de le toucher. On le raconterait plus tard en rentrant chez soi. Son métier l'avait tellement habitué à n'être qu'une cible que, même de dos, dans la rue, il savait si on observait sa tête ou ses reins. On le disait, on l'écrivait, on le photographiait beau. Il l'était, un mètre quatre-vingts, soixante-quinze kilos, des yeux d'inquisiteur ou bien de Christ en croix, les épaules larges, les cheveux fins, bruns et denses, un visage dessiné comme sur les livres d'heures, moitié prélat austère, et moitié ange fou, pommettes hautes, front large, bouche mince, mais lèvres tendres, un menton à mener une bataille, mais justement proportionné au reste de la physionomie. Sa beauté aurait sans doute été unique, si elle n'avait pas eu à souffrir des dévaluations permanentes que lui infligeaient les grands hebdomadaires qui lui consacraient leurs couvertures plusieurs fois l'an. La beauté, comme l'amour, a besoin de secret, et celle de Jérôme se perdait bien souvent dans les kiosques de gare. Le vent l'écornait, les écolières la volaient, et les chiens, énervés d'être tenus en laisse, levaient la patte dessus. Jérôme savait tout cela. Il aurait été faux de dire que le roi des jeux, se donner à soi la comédie en la donnant aux autres, ne lui apportait pas des plaisirs instantanés. Mais sur la durée, il voyait bien toute l'ambiguïté qui le poussait à n'être, en fin de compte, que le premier spectateur de ses propres naufrages. Avait-il ce qu'on appelle une âme ? Sans doute puisqu'il souffrait : conscient de tout, attentif, il faisait son travail le mieux qu'il pouvait, séduisait tout le monde, les hommes autant que les femmes et les enfants. Mais pour qui et pour quoi ?

Quand le tumulte fut apaisé, Julien et Jérôme se promenèrent avec David. La campagne était belle. Le jour tombait. Soudain, Jérôme s'arrêta.

— Tu sais, je me souviens d'une vieille lettre d'avant guerre. C'est Marcel Pagnol qui écrivait à Henri Jeanson : « Il me semble qu'on a perdu son temps à ne pas assez se voir, qu'on a eu tort de devenir célèbres, qu'on n'a pas été assez amis... »

— Moi, je ne suis pas célèbre.

Jérôme souriait, il ne relevait pas, il n'argumentait pas, il ne répondait pas. Il aimait effleurer les autres. Jamais il ne s'appesantissait.

Une voiture approchait. C'était Clara qui venait chercher David pour le ramener à Paris. Elle était ce jour-là d'une beauté enfouie. La grande écharpe de laine qui lui barrait le nez était comme un reproche au ciel bas et gris. Julien sentit une chaleur qui lui prenait la tête. Oui, c'était comme toujours. C'était le souffle au cœur, et c'était l'émotion qui ne finira pas. Jérôme l'embrassa et la complimenta.

— Il est beau, votre David.

— Il n'est pas que beau...

Elle était si fière de ses fils. Julien et elle se dirent les quelques mots neutres de ceux qui n'osent et ne savent plus se parler. Il avait envie de lui faire savoir qu'il l'aimait toujours. Mais il n'y réussit pas, et se contenta de lui expliquer qu'il dînait dans la région chez un ami de son père. Ainsi prit fin cette rencontre. Quand Clara et David furent partis, Jérôme confirma à Julien :

— Tu ne guériras jamais.

Il fit signe que oui. Il n'en avait pas envie. Souffrir était peut-être sa vraie fidélité ?

Il quitta Jérôme pour aller à son rendez-vous. Quand il vit le château, les voitures et les gens, il crut qu'il allait prendre la fuite. On allait lui parler de ses films et, d'avance, il ne savait pas quoi répondre.

∴

Une pendule sonna neuf heures à coups lents et comptés. Julien tenait les yeux fixés sur son assiette de vieux Rouen. Elle était vide. Il pensait : aussi courte que soit la nuit, le jour arrive toujours trop tard. Il finit par relever le nez. Face à lui, le duc, son hôte, un rougeaud, caquetait et jacassait. Son maintien était celui d'autrefois, ses coudes serrés près du corps, par habitude ou maladie, ne lui permettaient que de petits mouvements qui partaient du coude et jamais de l'épaule. Julien laissa traîner ses yeux tout autour de la table ovale.

Il y avait la duchesse, une sorte de jeune momie, et puis des neveux et des nièces, des Gontran, des Armelle avec des figures floues et molles. Enfin, il regarda son père qui l'avait fait inviter à ce triste dîner. Il était vieux et tendre. Il souffrait de douleurs amassées par la vie. Son sourire crispé cachait son vrai sourire, et son regard de loup, le plus beau qu'ait jamais vu Julien, ses yeux de tyran courtisan étaient noyés, comme retranchés du monde. Son père n'aimait plus la vie et il n'y tenait encore que par habitude. Julien l'admirait. Tant de force dans un corps aussi frêle, une culture immense, grande comme un champ de blé dans la plaine de Chartres, et des jugements qui sonnaient comme des chansons. C'était un homme du dix-neuvième siècle, travailleur comme on l'était avant, structuré comme avant, humble et fier. Il avait survécu à la Deuxième Guerre mondiale, mais la paix de Série Noire qui s'était instaurée avait eu raison de lui par ses contradictions. Il en voulait à son père d'être là, à cette table, le duc était indigne de ses rêves d'enfant. Quand on naît dans une famille ouvrière et qu'on voudrait un jour entrer dans les châteaux, il faut faire attention lorsque l'on réussit. Si on a le goût du monde, il faut choisir ses nobles et ses riches. Ceux-là ne valaient rien.

Et sa mère, si belle hier, et absente aujourd'hui. Il y avait maintenant près de trente ans qu'elle dormait pour survivre dans les repas sans fin où la traînait son mari. Elle n'aimait pas le monde. A travers ses cils immenses, et presque fermés, Julien vit qu'elle rêvait d'ailleurs. Il n'aimait pas sa mère comme son père. Entre eux, pas de conflits, mais une transparence. Il n'était pas besoin de mots, et leur tendresse commune n'était qu'une douce harmonie.

Comment se débarrasserait-il jamais de sa famille ? Elle était si belle et si pesante. Il la détestait et, pourtant, chaque jour malgré lui, il s'y référait à son corps défendant.

Au-dessus de la tête d'une nièce du maître de maison, pendait un Greuze dans un cadre doré. C'était une femme bleue, fabriquée et vêtue de pastel décadent. Le repas se traînait, et les boiseries Louis XV semblaient craquer d'ennui. La duchesse reprit du chou-fleur. Un valet délabré resservit du vin rouge, un bordeaux plutôt gai qui contrastait avec l'humeur du dîner. Dehors un volet claqua.

— Qu'en dites-vous ?

Julien ne sut que répondre. S'il avait tout entendu, il n'avait rien écouté. Il pensa ce duc-là est un con à crinière, de l'espèce la plus rare. Il faudrait l'empailler. Déjà l'autre enchaînait, la bouche pleine de légumes. De quoi donc parlait-il ? Désordre de mots épars d'une tête bien née où tout sonnait le creux et le pet de lapin.

— Et la famille, qu'en pensez-vous de la famille ?

Julien éclata de rire et puis il s'arrêta. Cette fausse gaieté lui avait échappé comme un bruit incongru. Il y eut du flottement. Son père, qui avait fait le Quai d'Orsay, opéra un virage sur l'aile et reprit de l'altitude dans le style bon genre qui convenait au lieu. La duchesse émietta une biscotte de ses doigts arthritiques. Après une période d'accalmie due au cafouillage, le croisé délavé attaquait à nouveau, agitant sa morale comme on secoue une cloche, brandissant des principes comme des serpillières, ameutant les convives contre l'avortement et les communistes.

J'ai quarante ans, pensait Julien, un travail fou, une femme que j'aime, partie aimer ailleurs, des enfants, des combats, des amis, que fais-je donc là dans ce château de province, à la table d'un résidu de l'Histoire, d'un antisémite à la grand-mère juive ? Une mauvaise colère lui montait de la tripe.

— J'appartiens à une famille militaire, qui méprise la pornographie mais qui ne craint pas la gaudriole.

La duchesse replaça son dentier d'une brusque succion, et sa bouche affaissée reprit du maxillaire. Elle voyait venir les couplets égrillards et les allusions aux amours de son mari avec de pauvres bonnes, sûrement mal payées et souvent engrossées.

— Mon ami !

Le ton était sans réplique. Le duc ravala ses propos ancillaires. Il cherchait en vain dans le galetas de sa mémoire une volte-face martiale. Les choses en étaient là, quand Julien se leva et se dirigea vers une porte-fenêtre qui donnait sur le parc.

— Où vas-tu ?

La voix de son père était remplie d'angoisse et sa phrase ressemblait à une supplication. Il n'aimait pas que son père ait peur. Il se souvenait du temps où cet homme aujourd'hui vulnérable défendait ses couleurs à coups de poing, d'avocats et de colères mémorables. Cette vieillesse-là le terrifiait. Il y voyait la sienne inscrite en filigrane. Il pensa qu'il avait eu de la chance de devenir un saltimbanque, un marginal. Il croisa le regard de sa mère. Il y lut toute l'ironie du sort.

Devant le château, l'air était pur. Il monta dans sa voiture et lança le moteur. Du haut du perron, le duc gesticulait.

— Mais que se passe-t-il donc ?

Julien enclencha la première, roula jusqu'au bas des marches. Il sentit qu'il devait une explication au maître de maison. Il n'en trouva qu'une, brève, absurde, folle, mais explicite. Avait-il encore droit aux enfantillages ? Sûrement pas. Mais tout à coup, le moment n'était plus pour lui aux idées formulées, il était à Céline, cet ordurier de l'impossible, à la grenade, au lance-flammes, à Guernica et aux dragonnades. Il avait trop manqué d'air depuis deux ans, et le dîner de ce soir était un chef-d'œuvre d'asphyxie. Il gonfla ses poumons et rugit une horreur assez mal formulée, peut-être bien un merde, en tout cas un juron. Touché au point sensible, juste dans sa bêtise, le vieil aristocrate chancela légèrement.

Julien démarra. Un très léger brouillard

flottait au ras du sol. Il pensait non pas à quelque chose, ou à un être, il pensait en général, comme beaucoup de gens le font, seuls, la nuit, en voiture, sur les routes. Lui, il se disait, le vrai chagrin de l'homme c'est la mélancolie, une idée d'absolu, l'impossible voyage. De temps à autre, il croisait des phares, des ombres de lumière.

⁂

Il traversait maintenant le bois de Boulogne. Une prostituée lui faisait signe, et puis elle se perdait dans l'obscurité. Un car de police passait à petite vitesse. Il allait rentrer seul chez lui. Il y avait maintenant juste vingt-quatre mois qu'il ne vivait plus avec Clara. Il ne s'était jamais habitué. Comme il l'aimait encore ! Il se demandait souvent pourquoi. Et la réponse qui lui venait était toujours la même. C'est la seule que je n'aie pas détruite, c'est la seule qui sache maintenir une réelle distance entre elle et les hommes. Au lieu de le rassurer, cette explication multipliait sa panique. Il est vrai qu'il y avait une telle cassure entre lui et les autres. Aucun de ses succès professionnels n'avait réussi à endiguer et à colmater sa peur. Son destin, c'était peine perdue. Et même quand tout allait bien, quand les films qu'il écrivait marchaient, les soirs de fête et de première, dans l'éclair des flashes qui lui avaient toujours donné de la conjonctivite, il n'entrevoyait pour plus tard qu'une issue. Oui, une seule.

Il entrait dans Paris. Trois heures du matin. C'était superbe et vide. D'un café au zinc centenaire et à l'éclairage dépourvu de néon, il appela Célia. Vingt minutes plus tard, elle le rejoignit dans un restaurant dont la spécialité était de ne jamais fermer. Elle portait une robe verte dont le décolleté laissait voir une partie de ses seins haut placés, ronds et parfaits. Ses mains longues et subtiles jouaient sans cesse avec ses bijoux, tournant et retournant ses bagues en tous sens. Des bottes noires à talons bottier serraient ses jambes longues. Un ceinturon de cuir, haut et rigoureux, étranglait sa taille. Elle avait vingt-cinq ans. Elle était vraiment belle. Sa voix grave coulait des phrases peu courantes. On la regardait beaucoup. Elle en paraissait contente. Ils commandèrent du vin, du jambon et de la salade. Brusquement Célia éclata :

— Vingt-cinq francs une salade !

Le garçon, un vieux sage, la toisa longuement :

— Elle est frisée, Madame !

Il y eut un silence. Elle était subjuguée. Elle promit au garçon de lui obtenir le prix Courteline ainsi que le Nobel. Célia adorait les mots explosifs et se cachait derrière eux pour masquer sa tristesse. Et lui, il la regardait sans la voir. Il l'avait tirée de son lit en pleine nuit pour ne pas être seul, mais déjà il ne l'écoutait plus. Il n'était plus assez maître de lui-même pour envisager les autres dans leur réalité, et pour les respecter. Il pensait : l'homme est tellement fait pour l'amour qu'il ne se sent un homme que le jour où il éprouve la certitude organique et surnaturelle d'aimer pleinement. Avant et après ce passage, il se cherche, il s'inquiète. Il aurait voulu savoir raconter, ce que tout le monde voudrait tenir, le temps présent et le passé. Chaque jour, inlassablement, il s'y essayait. Sa page blanche s'obscurcissait de joies et de chagrins oubliés. Mais sur cent pages additionnées, rares étaient les vraies éclaircies.

— Où es-tu donc passé ?

Les yeux noisette de Célia exprimaient la colère. Elle secouait ses cheveux courts frisés.

— Tu n'es plus mon ami ?

Il faisait signe que oui, et puis il se disait : « Il y a dans la tête de cette femme l'esprit d'un homme. Il cogne, il frappe, il va sortir. »

Elle riait, courageuse, pathétique. Sa condition était si précaire. Cendrillon maudite, elle n'existait que la nuit et se cachait le jour. Elle avait toujours peur que quelqu'un ne l'aperçoive. Mais qui donc aurait pu ? Elle n'était pas femme de naissance, mais de vocation. C'est peut-être plus rare.

— Je suis lieutenant de parachutistes !

C'était trois ans plus tôt, un soir de générale, dans un théâtre, à Paris. Le jeune homme que l'on venait de présenter à Julien était beau. Sa bouche mince n'était que cruauté. Le sourire cependant demeurait enfantin. C'était la fin de l'entracte. Il y avait un brouhaha considérable.

— Comment dites-vous ?

— Je m'appelle Simon, Simon Hamed, avec un H.

On appelait Julien. La foule les séparait. Le métis s'éloignait d'un grand pas de félin. Six mois plus tard, chez des amis, Julien rencontra Célia. Il sut que c'était Simon Hamed. Le lieutenant s'était fait mutiler pour devenir une femme. Un traitement médical lui avait donné de la poitrine. La barbe avait disparu, les cheveux avaient poussé, et la féminité stupéfiante du mutant semblait avoir bien fait le reste.

Le restaurant se vidait. Il était quatre heures du matin.

— Tu rentres avec moi ?

Il faisait non de la tête et payait l'addition.

— Avec qui rentres-tu ?

— Je rentre avec moi. C'est déjà du travail.

Elle avait la douceur de sourire tout de même. Il fut des temps de désarroi où il faisait l'amour avec Célia. Son ventre de femme, œuvre d'un chirurgien futuriste, pouvait accueillir les hommes, mais il demeurait un cimetière où jamais un enfant ne pousserait. La vie s'y déversait, et puis elle y mourait. La beauté même parfaite n'est jamais la fonction. Les hérétiques homosexuels cathares revendiquaient leur stérilité. Ils se voulaient la fin d'un monde et leurs fils étaient spirituels. Projection de l'esprit, ils ne devaient durer que le temps d'un baiser. Ici, tout était le contraire. Célia aurait voulu être mère, et plus tard grand-mère. Elle aurait voulu le grand cycle magique qui mène les femmes heureuses de la puberté jusqu'à la vraie sagesse. Elle aurait voulu les premiers baisers, la passion, le mariage, la grande maison-refuge et les petits enfants. Seulement, malédiction, malfaçon, sa féminité extraordinaire lui venait de ses rêves, pas du ventre. Elle savait qu'elle ne devait et ne pouvait pas vieillir. Elle disait qu'elle disparaîtrait à trente-cinq ans. Elle faisait toujours ce qu'elle disait. Il se levait, lui tendait la main. Elle le suivait. Dans la salle, des clients noctambules reconnaissaient Julien. Ils le regardaient avec convoitise. Comme toujours le malentendu était total, la femme qu'on lui enviait n'était pas une femme, et sa propre notoriété n'était qu'une illusion.

III

Julien était assis dans l'herbe. A côté de lui, Nubar Papazian mâchait du trèfle et son immense nez de guerrier assyrien semblait dubitatif. Comme toujours, Nubar était mis comme un prince, un vrai. Son vêtement de flanelle coupé à Londres épousait avec négligence son corps musclé.

La voiture déboucha du virage à très grande vitesse. Une détonation claqua. Le pare-brise s'étoila. Le véhicule se retourna. Jérôme en sortit l'arme au poing et tira. Un coup de feu lui répondit. Une boule rouge se forma sur le front de Jérôme dont le visage prit une expression étonnée. Il tomba en arrière, lourdement, tout d'une pièce. On entendit la voix de Richier qui criait un ordre, et puis il émergea de derrière la caméra. Voyant Julien et

Nubar, il leur lança avec une lugubre gaieté :

— Voilà un plan raté dont j'ai seul le secret.

Apercevant le producteur dont le pied droit finement chaussé était posé sur une caisse, Richier dit au jeune journaliste qui le suivait de près :

— Vous m'avez demandé le secret de ma réussite ?

Avec une sorte de frénésie, de la manche de sa veste, Xavier se mit à lustrer la chaussure. Jérôme qui s'était relevé s'approchait le front sanglant :

— C'est fini ?

— Non, dit Richier, la caméra a savonné.

Tous les techniciens se mirent à se croiser, se recroiser, s'affairant à des besognes incompréhensibles pour celui qui est étranger au métier du spectacle. L'apprenti journaliste paraissait étonné. Il expliqua à Xavier qu'il avait lu le livre dont le film était tiré, que le personnage joué par Jérôme n'avait pas d'accident de voiture, qu'on ne lui tirait jamais dessus, et qu'il ne tirait lui-même sur personne. Nubar lança au jeune homme, comme on jette un os à un chien encombrant :

— Julien veut toujours détruire ses personnages. La mort, c'est sa tarte à la crème !

La réalité était autre. C'est Jérôme qui à chaque nouveau film voulait mourir et remourir encore. Il n'en savait pas la raison, mais elle s'imposait à lui, c'est que la mort est la seule façon pour un homme d'être beau, vraiment beau. La splendeur des femmes est à chaque seconde dans l'affirmation de la vie, prometteuse, orgueilleuse, superbe. Celle des hommes ne peut être que dans l'ultime seconde, qui se voit clairement sur le visage de certains.

Xavier expliquait maintenant à Jérôme qu'il ne pouvait pas recommencer tout de suite. L'auto était endommagée, et la route dont on avait bloqué la circulation devait être rendue au trafic pour plus d'une demi-heure. Le monde du cinéma, le jeune journaliste n'y comprenait visiblement rien. Comment aurait-il pu ? C'est un milieu fait du report désordonné de tous les autres. Au cinéma, l'art et le commerce s'affrontent, se côtoient, s'additionnent ou s'annulent. Le talent a beaucoup de mal à venir à bout des hasards et des nécessités économiques. Seuls les très grands metteurs en scène contrôlent totalement le produit qu'ils façonnent. Les autres suivent. Au cinéma comme en politique, tout sert, tout est volé, vendu : la beauté, la laideur, les vices, même la vertu. Tout peut faire rire, pleurer, ou de l'argent. Tout fait ventre, tout fait cœur. Un grand film, c'est bien souvent l'argent de quelque aventurier, associé à un chagrin d'amour fraîchement vécu, et retaillé sur mesure pour un couple d'acteurs, un chef opérateur amoureux de la vedette, et qui la fera plus belle que tout autre photographe, un metteur en scène récemment divorcé et qui, le cœur vacant, se prendra de passion pour l'histoire qu'il tourne. Un grand film, ça n'a pas d'auteur. Si, beaucoup de travail et un heureux hasard.

L'humour acerbe qui règne sur la plupart des plateaux n'est au fond que le masque derrière lequel chacun cache sa peur. Le travail y est hiérarchisé, le temps y coûte si cher, et l'humeur du metteur en scène et des vedettes donne le ton chaque jour. Un ton aussi variable que les vents et la pluie.

Xavier Richier était un réalisateur triste et raffiné. Fils d'un très grand bourgeois, d'une santé précaire, il cachait tout comme les autres ses faiblesses et ses craintes sous des formules pointues. Julien et lui travaillaient souvent ensemble. Ils s'aimaient profondément et se gardaient bien de se le dire.

La mort de Jérôme dura plus de six heures

et ne se révéla positive qu'à la quinzième prise de vue. Il en sortit furieux avec une côte fêlée et mauvaise conscience. Il prétendait avoir été mauvais. Xavier approuvait : exécrable, bourré de trucs, voilà ce que tu deviens. Julien se mit alors à accuser le metteur en scène de manquer de décision. Ceci entraînant cela, il s'ensuivit un furieux tapage. Or, ni Julien, ni Xavier, ni Jérôme ne prêtaient d'attention réelle à la querelle qui les opposait. L'essentiel pour eux n'était pas dans les mots. Il fallait simplement qu'ils soient toujours tous les trois du même avis, ou tous les trois fâchés. Il fallait qu'ils se débrouillent pour ne pas faire peur aux enchantements, pour ne pas laisser tomber la pression dramatique qui est nécessaire pour qu'un film ait une chance d'exister. Nubar, l'Arménien, qui était là en ami, ne tournait pas dans le film et assistait à la discussion avec un flegme tout aussi britannique que son costume gris. Pris à partie par les uns ou les autres, il émettait des bruits ou répondait : faut voir, et puis il se grattait le nez.

Julien l'avait connu vingt ans auparavant. A l'époque, il n'était pas un comédien connu, mais un metteur en scène de série Z qui faisait écrire ses films par un auteur de série Z,

Julien. L'association surréaliste des deux cloportes en mal de pellicule avait abouti à la fabrication de classiques de l'échec, des chefs-d'œuvre du nanar. Pour Julien, ses débuts avec Papazian, c'était le miroir de sa propre jeunesse, un miroir déformant, mais qui renvoyait encore des images si gaies. Poussés par la nécessité, guidés par l'inconscience et leurs esprits irresponsables, ils fabriquaient tous deux des films tournés en trois semaines, sur des histoires écrites en fonction des décors prêtés. Leur comédien favori était Marcel Dalio. A chaque fois, Julien en faisait un avocat, son problème étant d'avoir un personnage prolixe, afin que Nubar puisse obtenir facilement ce qu'il est convenu d'appeler du métrage. Mais il fallait en plus généralement que ledit avocat fasse l'apologie des hors-bord, leur producteur étant lui-même financé par une firme de moteurs marins. D'où l'accouchement de dialogues d'autant plus saugrenus que techniquement faux :

— Nous ne pourrons fuir les agents russes qu'avec l'aide de mon cent-cinquante chevaux qui développe à pleine puissance deux cent quatre-vingts chevaux, et ne consomme pourtant à six mille tours-minute que soixante litres à l'heure.

— Vraiment, mon cher Maître ?

— Juré, foi d'avocat !

Julien revoyait avec netteté l'admirable Dalio chaussant ses lunettes et étudiant son texte. Affolé par la quantité, ahuri par la qualité, il demandait à Nubar, d'une voix prudente et bien élevée, comment il devait faire pour jouer un tel bazar ? La réponse du metteur en scène était tombée comme un couperet :

— Tu me balances le dialogue vite fait, et à l'artiste !

La phrase de Nubar avait fait le tour du monde. A Hollywood, à Almeria, à Rome, partout où il tournait, Dalio l'avait rapportée.

Pour Julien, aux yeux du souvenir, le cinéma de Nubar, c'étaient les scénarios fourre-tout où voisinaient ses fantasmes sexuels, les obligations publicitaires et les extraits de discours du général de Gaulle. C'étaient les grandes vacances, l'absurde attaqué de plein fouet, en toute impunité. En ce temps-là, il écrivait aussi vite et autant que les feuilletonnistes du dix-neuvième siècle. L'idée de se relire ne lui était jamais venue. Il ignorait qu'un jour il rencontrerait de vraies histoires, qu'elles prendraient possession de lui, et qu'il se battrait furieusement, longuement avec elles, pour tenter de les comprendre et de mieux les cerner. En ce temps-là, il avait un goût de l'effet tout à fait monstrueux. Le mot pour le mot. Le mot roulement de tambour. Ce n'est que bien plus tard qu'il découvrirait qu'au cinéma, le plus beau du dialogue est dans ce qui n'est pas dit. Bref, il ne savait rien. Un jour, Nubar, qui n'avait d'ahuri qu'un air qu'il aimait à se donner, se rendit compte que l'on riait de lui, pas toujours gentiment. Il cessa de se cacher derrière sa caméra et passa devant celle des autres. Il fit rire de plus belle et avec enthousiasme. C'était enfin le succès.

Maintenant installés dans une loge-roulotte, Xavier, Jérôme et Julien se querellaient toujours. Jérôme inquiet du travail du jour proposa à Xavier que l'on retourne la scène de sa mort le lendemain matin.

— Impossible, pour des raisons techniques et financières, dit Xavier. Excuse-moi.

— Je t'excuse, répondit Jérôme.

Julien décida de les absoudre à son tour tous les deux et en bloc. Ils aimaient tous les trois s'excuser mutuellement, selon un dialogue rituel et peu français qu'ils avaient entendu dans un classique d'avant-guerre qui avait bercé leurs vingt ans à l'âge où ils hantaient les cinémathèques et les salles d'art et d'essai. Ils burent du thé en disant encore quelques sottises. C'était leur manière de partager l'angoisse commune, de conjurer le mauvais sort, et de sentir s'organiser cette chose impalpable qu'est la seconde écriture d'un film au niveau des images. Assis sur le lit, Marcellin-Berthelot, appuyé sur ses pattes avant qui étaient fines et tendues droites, tenait son nez pointu tourné vers Julien. Aveugle de naissance, ce fox anglais à poil ras ne voyait son maître qu'avec son odorat et ses oreilles. Il n'était pas heureux d'avoir attendu seul des heures dans la roulotte. Jérôme achevait de se changer en regardant le chien de Julien, et puis il questionnait en passant le vieux blouson qu'il traînait depuis dix ans :

— Vous êtes toujours intimes ?

— Comment te dire... J'habite chez lui !

Julien fit claquer ses doigts. L'animal, que la vie avait rendu savant, frémit, prit le cap, sauta dans le vide, et atterrit juste au creux des bras de son maître. Xavier eut un mouvement de tête admiratif, tira sur son cigare, toussa et demanda :

— Pourquoi s'appelle-t-il Berthelot ?

— Et pourquoi s'appelle-t-il Marcellin ?

Ni Jérôme, ni Xavier, ni Julien n'aimaient les réponses. Aussi jouaient-ils à ce que leurs questions engendrent d'autres questions.

***

Ils se quittèrent pour rentrer à Paris chacun dans sa voiture. Au moment où Julien montait dans la sienne, il aperçut Florent qui le guettait. C'était son éditeur, sorte de renard-putois, quelque peu normalien, d'environ cinquante ans.

— Alors, la fin de mon manuscrit ? Il faut venir en banlieue pour te mettre la main dessus.

Julien se glissait au volant. Florent s'était installé à l'arrière en compagnie de Marcellin-Berthelot.

— Roule doucement, je suis pressé.

Florent avait toujours peur en voiture. Il feuilletait des pages tapées à la machine, posées sur ses genoux.

Julien qui conduisait dans les embouteillages avait réglé son rétroviseur de manière à ne rien perdre des mimiques de l'étrange spécimen.

— D'abord, on n'appelle pas un roman *le Protagoniste,* ça fait Camus. Et puis tu ne parles pas assez d'amour. Je ne sais pas si tu sais le faire, mais tu sais en parler. Alors laisse tomber ton cinématographe.

— C'est important le cinéma.

— Mais non, c'est des images.

Julien riait, attendri.

— Raconte-moi la fin.

— Je ne la connais pas.

Florent levait les bras au ciel, perdait sa cigarette qui pendait à sa bouche, se brûlait, mélangeait les feuillets.

— Je t'ai déjà dit de faire un plan, sinon tu roules, la musique est bonne, seulement même avec du Mozart, on ne fait pas du Stendhal. Tu vois ce que je veux dire ?

— Pas très bien.

Et, brusquement, Florent n'était plus ni cruel, ni absurde, ni polémique.

— Ce livre-là, c'est ton livre. Je voudrais qu'il soit abouti, pas déchiqueté, comme le dernier.

Il soupirait, et très vite, à nouveau, le corbeau chassait l'ange.

— Laisse tomber tes maîtresses, écris sur ta femme. Elle est ta mine d'or.

D'un brusque coup de pouce, Julien déplaçait son rétroviseur pour ne plus voir le visage de Florent.

— Je ne t'aime pas du tout en Marchand de Venise.

Et pourtant Florent avait raison. Plus d'Armande Béjart, plus de petit chat mort, et plus d'yeux à Elsa, plus d'Aragon poète.

— A quoi penses-tu ? demandait Florent.

— Je suis malheureux.

— Alors, écris !

La voiture s'arrêta à un feu rouge. Julien se retourna. A travers le négrier, il vit le visionnaire. Comme ils se sentaient aussi meurtris l'un que l'autre, ils se serrèrent la main l'espace d'un instant. Au moment où il partait, Florent se retourna et lui lança :

— Et surtout, sois féroce !

Non. Cruel, brutal, féroce, il ne voulait pas l'être. L'écriture-règlement de compte n'était plus son affaire. Pourtant, il savait bien. Il avait débuté au vitriol. En avait-il peint des femmes frigides qui hurlaient des youpi pour faire croire au plaisir, des ministres pédérastes, et tel comédien illustre qui pissait de travers, et des ravages indirects de sa prostate sur la dramaturgie contemporaine. Et puis il y avait eu plus grave. Après s'en être pris aux autres, à ses proches, après les avoir mis en pièces, par fausse modestie, comme pour faire bonne mesure, il s'était acharné sur lui-même, vantant ses peurs et ses lâchetés, faisant de la moindre piqûre de guêpe un phlegmon monstrueux. Rire à tout prix, frapper l'imagination d'autrui en criant dans le noir sa solitude et ses misères, tirant de sa mémoire non pas les paysages du bout du monde, mais la gale d'un mendiant, ses mains coupées, ou bien des yeux ouverts sur une nuit sans fin. Il avait usé et abusé des vertus picturales de l'horreur. Il en connaissait le pouvoir d'exorcisme. Ça ne l'intéressait plus.

Il passa chez Clara. Il voulait l'embrasser, lui voler un instant de chaleur et entr'apercevoir la tête de ses deux fils. Il trouva David en train de compter les feuilles d'artichaut de son dîner. Mathieu, le plus petit, soufflait dans une paille pour faire buller sa soupe.

— Papa, viens voir.

Ils avaient des voix gaies, des murmures d'oiseaux. Marcellin se mit à jouer bruyamment avec eux. Il s'ensuivit des cavalcades et des claquements de portes auxquels répondaient les cris de la petite bonne. Julien trouva Clara dans sa salle de bains. Elle se faisait belle pour sortir, chemisier de soie rouge, pantalon noir coupé aux genoux sur fond de hautes chaussettes de laine blanche. A ses pieds, des sabots de vernis noir aux semelles épaisses. Ses cheveux longs n'étaient qu'une tresse nouée en son extrémité par un morceau de lacet. A son cou des perles de verre multicolores.

— Salut !

— Je suis laide ?

Il suffisait de lui parler comme à un homme pour la désarçonner. Il lisait dans ses yeux l'angoisse éphémère que les vraies beautés ont de se trouver vilaines. Mais très vite, elle se reprenait. Il voyait qu'elle n'était pas mécontente de le voir traîner là. Elle souhaitait qu'il passe souvent, afin que les enfants sachent que leur père avait libre accès à la maison. Et puis peut-être l'aimait-elle encore un peu à sa manière ? A certains brefs moments de l'année, ils savaient encore vivre ensemble quelques jours. Mais jamais à Paris. A Paris, ils n'avaient plus jamais ni le temps ni le pouvoir de se reconnaître.

— Où dînes-tu ?

Elle ne répondait pas. Elle souriait. Elle était d'humeur aventurière.

— Tu as vu les petits ?

Il faisait signe que oui et tripotait les produits de beauté à sa portée sur une étagère.

— Laisse ça. Après, je ne retrouve rien.

Il allumait une cigarette pour se donner contenance.

— Tes films, ça se passe bien ?

Il secouait la tête pour expliquer que non. La voilà qui riait avec une grosse tendresse. Entièrement tournée vers la vie, avec un besoin impérieux de la communiquer à ses fils, elle refusait, rejetait, expulsait d'elle toute angoisse qui fait généralement cortège à la vie de l'esprit. Lui, en la regardant, il pensait que nous voyons l'existence d'en haut ou d'en bas, et que les femmes la voient du dedans. Elles font les œufs, nous les cassons. Comment s'entendre ? Il l'embrassa de toutes ses forces et sortit. En traversant leur ancienne chambre, dans un vide-poche de cuivre Napoléon III représentant un hérisson, Julien vit une montre d'homme. C'était la place de sa montre à lui. Ce hérisson lui venait de sa grand-mère. Il l'avait donné à sa femme. Et puis, et puis quoi ? Il se sentait plus isolé que d'ordinaire. Combien avait-elle d'amants ? Aimait-elle l'un d'entre eux ? Il descendait l'escalier quatre à quatre, Marcellin-Berthelot sur les talons. Il fallait qu'il se dépêche car il devait dîner dans un grand ministère.

Au moment où il démarrait il vit entrer un homme jeune dans l'immeuble de Clara. Etait-ce celui-là, était-ce l'un d'entre eux ? Il se rendit compte qu'il la désirait. Pourtant il ne voulait pas la posséder. Il n'était plus vraiment jaloux, sa blessure était trop profonde pour qu'il éprouvât contre elle de la colère ou une envie de vengeance. Non, il ne voulait pas se l'approprier, mais plutôt la rejoindre, et si son désir était forcené, il était rempli de douceur. Il lui montait du ventre, il lui serrait le cœur, lui étranglait la gorge, pas comme une émotion, comme une main.

⁂

Au fond de la rive gauche, le portail du ministère, logé dans un ancien hôtel particulier, était ouvert sur une cour éclairée.

Le repas fut servi dans un salon aux murs ornés de peintures représentant des dames de la cour, déguisées en bergères, et que suivaient dans la campagne des singes savants costumés en laquais.

Ils étaient cinq, le ministre, un grand technocrate rusé, son épouse, une belle femme comme on dit dans les livres, le directeur d'un grand hebdomadaire, petit, rond, malicieux, ambitieux, un attaché de cabinet au ministère des Affaires culturelles chargé des relations entre le cinéma et le gouvernement et puis Julien. Le service était raffiné, et la conversation roulait sans bruits notables sur les problèmes du moment. Assis à l'écart, sur le bord d'un énorme fauteuil Louis XV, Marcellin-Berthelot bâilla bruyamment, découvrant ses crocs aigus et ses molaires tronçonneuses. Julien se dit : voilà que les dents de mon chien jaunissent. Il faudra que je les lave, avec une brosse à dents ! Mais pourquoi fallait-il qu'il pense toujours à des choses futiles ? On lui parlait du problème des taxes considérables qui frappaient le cinéma. On voulait son avis. Comme il n'y connaissait rien il le donna sans peine avec autorité. Mais que faisait-il là ? Etait-il à sa place ? Non ! Soignait-il sa carrière ? Non, il tuait le temps en voyageant du haut jusqu'en bas de l'échelle sociale. Son goût pour les grands de ce monde, les charcutières et les plombiers, n'était qu'un trait de sa nature de voyeur. Comme il aimait décrire, il aimait regarder. Un valet rubicond servit de grosses fraises

Le journaliste présent en remplit son assiette et noya le tout sous un déluge de sucre en poudre. Il revit sa grand-mère faisant le même geste, il revit son enfance, aperçut d'autres temps où il n'était pas seul, des vacances de guerre, des blés battus d'orage et des soldats allemands marchant dans la campagne. Les voix se perdaient autour de Julien. Trois ans plus tôt, ce dîner aurait été une fête. Et Clara aurait présidé. L'ensemble des convives l'aurait convoitée, et une fois la nuit venue, c'est lui qui l'aurait eue. Ou alors, deuxième solution, plaisir-propriétaire de celui qui veut tout. Elle ne l'aurait pas accompagné.

— Mais le ministre, ma chérie ?

— Dis-lui n'importe quoi, raconte-lui que j'accouche.

En disant cela, elle aurait eu de l'ironie dans les yeux et aux coins de la bouche. Il serait donc parti seul. Et tout de suite, il aurait eu envie de revenir. Il se serait amusé d'autant plus qu'elle l'attendait, et qu'il aurait partagé cette attente qui aurait été aussi la sienne. Il se serait en outre réjoui de tout lui raconter plus tard, en transformant la réalité austère en rêveries pour femme amoureuse.

La soirée s'achevait. On servait le café, on offrait des cigares. C'est alors que surgit une étrange personne. Son entrée de théâtre provoqua le silence. Sa robe était mauve, ses yeux étaient verts et ses cheveux poil de carotte. Le ministre et ses hôtes s'étaient levés. Julien regardait de tous ses yeux. La femme devait avoir la belle cinquantaine de l'alcoolisme mondain. Tout en elle évoquait la ménopause galopante. Myope à outrance, ses yeux baignaient derrière leurs hublots d'écaille tels des huîtres dans la sauce échalote. Julien l'avait déjà aperçue, et il avait entendu parler de son salon littéraire. Le ministre le présenta, mais il ne lui présenta pas les autres. Elle les connaissait tous. Elle semblait être chez elle. Elle devait l'être partout. Sa voix résonnait, propulsant alentour un vocabulaire recherché. Elle était drôle. Elle ne le savait pas. Elle racontait une foule de gens inconnus de Julien : Flora avait du cholestérol, Baba de Mortemont s'était cassé le calcanéum au Népal, Arnold avait acheté une chasse de cent mille hectares dans le centre Afrique, Nénesse, le sanglier ardennais de Léonie, avait mordu la cuisinière du château, une certaine Suzette Langorgée, Raoul en avait marre du Sénat, et Arthur venait de prendre le contrôle des chantiers de Saint-Nazaire.

Jamais Julien n'avait appris en si peu de temps autant d'informations inutiles. Elle accepta un alcool blanc, le goûta, fit la grimace et se souvint alors du but de sa visite. L'écrivain Armand Renaud s'était tué à sept heures. Il s'était expédié dans l'au-delà d'une décharge de chevrotines dans la bouche. La nouvelle glaça l'assistance. Comme en signe de respect et de deuil passager, le ministre éteignit son cigare. Les uns et les autres semblaient atterrés et posaient des questions. Julien, qui ne connaissait pas Armand Renaud et qui n'avait jamais lu aucun de ses ouvrages, avait beaucoup de mal à participer au chagrin général. Bientôt, il eut même envie de rire. Plus la femme racontait l'horrible événement, plus elle insistait sur les détails atroces : plus de mâchoires, boîte crânienne pulvérisée, des dents plein le parquet, un œil retrouvé intact dans un cendrier, et plus son chagrin prenait de la vitesse. Les mots se bousculaient et ses rafales de sanglots provoquaient dans sa gorge des bruits inattendus.

Il partit vers minuit, la tête remplie des folies de la précieuse.

IV

Marcello del Cano Zanini était un gros fourbe romain et ventru. Sa femme voulait le nourrir de bouillon dégraissé et de grillades sèches : il souffrait d'asthme, de maladie de peau, d'ulcère d'estomac et de cailloux dans les reins. Lui préférait la charcuterie et les pâtes double beurre. Il en absorbait des ventrées prodigieuses qui lui brouillaient la digestion, mais jamais le jugement. Metteur en scène aux succès considérables qui n'avaient d'égal que l'ampleur de ses échecs, il était en quelque sorte le champion d'Europe de la provocation vivifiante. Contestataire de naissance, de formation et de tempérament, il traquait la répression sous toutes ses formes, et ne trouvait son vrai souffle qu'au cœur de l'injustice sociale qu'il combattait sans répit.

Anti-corps, organe mal greffé en éternel rejet, il était le symbole intempestif de l'autocréateur qui mijote tout seul même sur un feu éteint. Il n'avait besoin ni de gaz ni d'électricité pour faire sa propre cuisine. Le Vésuve qui marinait en lui réchauffait tout conflit qui passait sous ses yeux. Accoudé au bar du studio, il parlait à l'un de ses congénères, un humaniste français maigre, janséniste, dont les films surprenaient le monde par leur rigueur et leur dépouillement depuis plus de trente ans. Que pouvaient-ils avoir à se dire ? Rien de sensé. Assis avec Xavier Richier à une table du fond de la salle, Julien imaginait la conversation supposée des deux maîtres de l'art.

— Mon intrigue se passe à Rome. C'est l'histoire d'un nain drogué, fasciste et pédéraste, qui ne connaît de plaisir au lit qu'avec une gardienne de prison chauve, masochiste et lesbienne. Et vous, que préparez-vous ?

— La troisième croisade !

Le cinéma, miroir de la dérision et de la splendeur, pareil à une femme bouleversante parée de bijoux merveilleux, et qui démaquillée et dévêtue se révèle une lépreuse. Il faut l'aimer quand même, lui offrir d'autres robes et la remaquiller, sinon elle vous quitte, et la preuve est faite depuis longtemps qu'on n'en guérit jamais.

Le cinéma, liquide sans flacon, matériau mouvant, art assez peu visuel, car la part prépondérante de sa beauté réside dans l'invisible qui se promène sur l'écran, entre les comédiens, l'histoire et les décors.

Un assistant entra dans le bar et dit à Xavier que le plan qu'il avait réglé était fini d'éclairer. Ils se rendirent sur le plateau où leur film se terminait. Le décor était simple, une chambre d'hôtel. La scène, une scène d'amour. Zarra, la partenaire de Jérôme, était une Berlinoise de trente ans qui était devenue la première star française. Jérôme et elle avaient vécu ensemble au temps de leurs débuts. Ils se connaissaient si bien l'un l'autre qu'aucune ruse n'était plus possible de part et d'autre. Zarra n'était pas une actrice en quête d'auteur, mais plutôt une centrale atomique à la recherche de débouchés qui soient à la mesure de l'énergie qu'elle produisait. C'était la comédienne la plus dense, la plus riche qu'ait connue Julien. Il avait toujours peur que les histoires qu'il lui offrait ne soient pas à la mesure de sa force. Souvent elle écrasait ses rôles. Petite, des épaules de reine, un visage très dessiné, un caractère ombrageux, que venaient ponctuer des emportements fracassants, Zarra avait la beauté boche, la beauté sauvage et popote, et puis une tête à vous faire un enfant, à battre les tapis, et à vous mitonner de la bonne cuisine tout en vous faisant voyager à travers la passion. Les hommes ne disaient pas de Zarra qu'ils voulaient la baiser. Elle les faisait rêver de plénitude, de mariage et de joyeuse marmaille. Oui, elle était divinement boche, comme dans un registre différent, Marlène Dietrich avait pu l'être avant elle, trente ans auparavant.

Julien regardait Jérôme qui la prenait dans ses bras. Xavier les guidait. Les mots qu'ils se disaient n'étaient même pas les leurs. Et pourtant, Julien sentait avec plaisir son texte lui échapper. Il prenait existence, et cette chose illisible qu'est un scénario trouvait peu à peu sa forme, sa raison d'être. Les deux vampires se l'appropriaient, ils le concassaient, ils le digéraient, ils le restituaient. Jour après jour, plan après plan, le film devenait eux, l'identification se faisait à leur niveau et sur les traits de leurs deux visages. Jérôme semblait prendre un intérêt somnambule à tenir Zarra dans ses bras. Elle aussi semblait satisfaite. Peut-être jouaient-ils pour les autres ce qu'ils ne savaient plus vraiment vivre eux-mêmes ?

Etre chaque jour de sa vie un autre que soi-même est un péril immense. On se perd. Quoi qu'il en soit, demain, en projection, ils verraient le travail d'aujourd'hui. Ils se regarderaient projetés sur une toile. Ils se verraient enfin avec les yeux des autres. Ils auraient leur dose, leur drogue, leur sacrilège.

***

A la sortie du studio, Zanini tomba sur Julien, et comme il y avait ce jour-là grève des chauffeurs de taxis, il lui proposa de le ramener chez lui à Neuilly.

La voiture était une italienne de grande race, fine, nerveuse, dans laquelle l'entrée de l'énorme individu semblait poser un problème qu'Inaudi lui-même n'aurait pu résoudre. Ils roulèrent lentement dans les embouteillages. A un feu rouge, le levier de vitesse qui était au point mort émit une vibration désagréable, due sans doute à un mauvais réglage. Julien posa sa main dessus afin de le maîtriser. C'est alors que la main de Zanini se posa sur la sienne.

— Il faut que je vous dise...

Marcello n'avait plus son visage coutumier.

Une gravité antique animait ses traits. Le comique du personnage s'était évanoui. Il parla d'une voix posée, uniforme, sans mouvements d'humeur. Ses révélations étaient surprenantes : son cinéma-coup de poing n'était qu'un trompe-l'œil, sa pornographie, ses outrances, en même temps qu'une astucieuse concession aux modes, une sereine affirmation de vitalité.

— Vous connaissez le public. Ce qu'il demande, c'est le frisson. Aujourd'hui, les éléphants d'Hannibal, le naufrage du *Titanic* ne lui suffisent plus. Je lui donne la fin du monde, parce que je sais qu'elle n'aura pas lieu.

— La fin du monde peut-être, lui dit Julien, mais celle du nôtre, si. Vous croyez faire exprès. Cela m'étonne de vous. On ne fait jamais exprès. Vous aussi, vous n'êtes qu'un témoin. Nous sommes probablement fichus. Ce qui nous émeut, c'est un beau crépuscule, celui de cet Occident qui a été si longtemps la seule lumière.

L'autre lui répondit qu'il s'étonnait d'entendre des billevesées aussi grossières dans la bouche d'un homme qui, croyait-il, avait quelque esprit.

— Ne me faites pas rire. Je raconte cela, moi aussi, aux héritières des grandes familles italiennes, quand j'ai du mal à financer un de mes films, car l'orgasme se nourrit d'épouvante, mais entre nous soyons sérieux. Nous vivons un grand moment d'équilibre. Ce qui vous trompe, c'est que vous croyez que pour l'équilibre il faut que les deux plateaux de la balance soient pleins, alors qu'aujourd'hui ils sont vides. C'est vrai que la civilisation chrétienne est par terre. Ecrabouillée dans les tranchées de Verdun. Puis envolée dans les fumées d'Auschwitz. Je vous l'accorde. Mais pensez-vous qu'en face il y ait mieux, je veux dire qu'il y ait autre chose ? Des charniers de Katyn aux camps du Goulag, je ne vois que les mêmes convulsions du même cadavre. Non, croyez-moi, rien à craindre. L'Occident n'a peut-être plus rien à défendre, mais l'Orient n'a rien à proposer. Evidemment cela ne fait pas votre affaire ! Il vous manque, écoutez-moi bien, Julien, vous allez rire, et vous aurez tort, car je suis sérieux, il vous manque de savoir pourquoi vous accepteriez de mourir. Vous n'êtes pas un Latin. Nous, de toute éternité, nous savons que cette question n'a pas de sens, nous savons que l'homme, que l'espace, que la vie sont limités, et nous sommes les seuls à l'avoir accepté.

Julien savait très bien pourquoi il accepterait de mourir, et pourquoi probablement il mourrait. Mais il ne le dit pas.

— Vous donneriez n'importe quoi pour retrouver votre petit absolu, l'illimité, le *ne varietur.* Et comme ils ne sont plus là, vous êtes comme des enfants dans le noir, vous pleurnichez. Vous êtes de vrais Germains, tant pis pour vous. Nous, nous ne craignons pas le changement. En ce moment même, peut-être l'avez-vous entendu dire, on dit que les catholiques sont prêts à s'accoupler avec les communistes en Italie. Monstrueux, n'est-ce pas ? On a même trouvé un mot pour cela, le « compromis historique ». Mais attendez de voir à quoi ressemblera l'enfant, nous en reparlerons. Des compromis historiques, nous n'avons fait que cela depuis vingt siècles. Nous avons avalé d'abord une petite religion judaïque, que dis-je une religion, une secte, une déviation religieuse, et cela a donné quoi ? Le christianisme. Puis nous avons avalé la plantureuse Byzance, bazar gigantesque, soldé, bradé pour rien, et cela a donné quoi ? La Renaissance. Alors vous comprendrez que la Gorgone slave ne me fasse pas peur. Si demain nous avalons le communisme, je ne sais pas ce qui en ressortira, mais je peux vous garantir que cela n'aura qu'une très lointaine ressemblance avec le rêve du vieux Marx, revu et corrigé par son pseudo-disciple, d'ailleurs idiot, Lénine. Ne répétez pas ce que je viens de vous dire : je suis inscrit au parti depuis vingt-cinq ans.

Julien l'écoutait avec plaisir, cessant parfois de l'entendre, l'esprit ailleurs, et cependant intéressé. Jamais le gros homme n'avait été aussi loin. Il divaguait, ses idées ne résistaient pas à l'analyse, et pourtant il y avait « quelque chose ». Il faisait penser à Malraux : il n'était pas génial, mais par moments il était atteint de « génialisme ». A quoi cela tenait-il ? A la forme brillante, syncopée, qu'il donnait à ses paradoxes ? Certaines personnalités transcendent leurs idées, leur donnent un poids, une flamme qu'en réalité elles n'ont pas. Ou bien au contraire y avait-il vraiment « quelque chose », ce quelque chose que Julien avait cru voir, et que l'éclat des mots, au lieu de révéler, lui cachait ?

Ils approchaient de Neuilly, longeaient la Défense, dont les tours venaient de s'éclairer. La vieille zone avait disparu. Paris avait perdu sa ceinture de poubelles, et l'avait remplacée par des blockhaus et des miradors en béton. C'était aussi lugubre, et encore plus déprimant, car on ne pouvait même pas espérer qu'ils soient détruits. Julien remarqua cela, et il remarqua en même temps qu'il s'en moquait. Le malheur est une carapace, pensa-t-il. Comme le bonheur. Il a au moins ce mérite qu'il nous dispense de mille chagrins futiles.

Marcello avait changé de sujet.

— C'est comme les femmes. Vous avez vu le pauvre Jérôme avec Zarra ? Lamentable. Je parie que vous souffrez du même mal : l'ignorance. Le problème n'est pas de les prendre, ni de les laisser, ni de les garder, ni de vouloir les désirer toujours, ni de les attendrir, ni de leur donner des libertés, ni de les battre pour les leur reprendre, ni de les écouter, ni de les adorer. Le problème est de savoir. Et nous autres, les Romulus et les Remus, qui avons sucé le lait de la grande louve, nous avons beau faire n'importe quoi avec elles, tout ce que j'ai dit et bien d'autres choses encore, nous savons. La femme : c'est la mère. Si on a compris cela, le reste suit. Mais si on sort de là, on fait comme Othello, vous savez ce nègre écrit par un Anglais. Alors on souffre, on se noie, on se damne.

Ni de près, ni de loin, Clara n'avait jamais été la mère de Julien. Il devait être damné depuis longtemps déjà.

Vers deux heures du matin, ils étaient encore dans un bar, près de l'Opéra, conversant ainsi, quand un homme qu'ils connaissaient un peu vint s'asseoir non loin d'eux, accompagné de deux femmes assez belles. En un clin d'œil, Julien vit Zanini se transformer, reprendre ses roueries, ses défenses, sa stratégie, son personnage public. Il déclara d'une voix forte qu'il allait de ce pas à l'Hôtel Ritz, retrouver un évêque castrat marié religieusement avec l'ambassadeur d'Italie à Cuba. Il se leva, proféra encore quelques sottises, bouscula deux ou trois chaises qui s'écroulèrent bruyamment, planta là Julien et disparut.

V

Il est des êtres que le destin place sur notre route pour nous obliger à la suivre, au moment où la lassitude risque de nous prendre. Ils viennent vers nous avec ce qu'il faut de ressemblance pour nous charmer, et avec ce qu'il faut de différence pour nous induire au changement. Bien sûr, cet être-là, pour Julien, c'était Clara. Or justement, il allait lui être donné de revivre deux jours avec elle, et avec leurs enfants. Il se préparait à cet événement avec maladresse, avec toute l'impatience du monde. Elle partit avec ses deux fils un mercredi. Il y avait vacances scolaires jusqu'au lundi suivant. Il avait été convenu que Julien viendrait tôt le samedi matin. Le jeudi et le vendredi, le temps lui fit l'effet de marcher à l'envers. Le samedi matin, il se rendit à l'héliport de Paris. Un chef opérateur ami, spécialiste de prises de vues aériennes, l'attendait à bord d'un appareil qu'il avait réussi à se faire prêter. Il faisait froid et sec. Le rotor gémit et s'emballa. L'appareil s'arracha, franchit la Seine, frôla Versailles et son château, contourna Dreux, évita Argentan, puis déboucha sur la mer au-dessus de Granville. Enfin, il piqua sur Saint-Malo.

La cité malouine projetait l'ombre de ses granits sur ses plages décuplées par la marée basse. Deux heures cinq après avoir quitté Paris, il se posait sur le toit plat de sa maison, un fort Vauban loué il y a dix ans pour une bouchée de pain à une société d'Etat qui gérait les biens de l'armée. Le bail était généreux. Julien était chez lui pour quatre-vingt-dix-neuf ans. Mais les travaux de base avaient absorbé la majeure partie de tous ses droits d'auteur. Ici tout était beau. Treize meurtrières pour tirer l'Anglais avec, sous l'étage noble, une salle de tir voûtée dont il avait fait en son temps la chambre de Clara et la sienne. Droit devant les yeux, la mer lourde et verte. A droite, un rocher, le grand Bé. Avec des jumelles, on voyait la tombe de Chateaubriand, derrière Dinard, Saint-Servan et la baie de la Rance. Presqu'île à marée basse, île à marée haute, le fort de l'Eperon était une citadelle dans tous les sens du terme. Conçu hier pour la guerre et la défense côtière, Julien y trouvait encore aujourd'hui un dernier refuge, une douce prison. Dans ces murs de granit de trois mètres d'épaisseur, il était comme dans un œuf. Clara, David et Mathieu l'attendaient. Il se jeta dans leurs bras. Marcellin-Berthelot qui était venu avec eux sautait et ressautait de joie. Et voilà. Elle était juste comme il aimait qu'elle soit. Pas de fard, un chignon sur la nuque, un pantalon de toile retroussé sur des bottes et un gros tricot noir. Au pied du fort, les vagues battaient l'écume. La mer montait. Dans une heure tout au plus, ils seraient pris au piège pour douze heures de tendresse. Un bateau de pêche passait, escaladant les crêtes. Un voilier de rivière ridiculement étroit et ne portant qu'une voile, un sharpie, vint virer de bord juste sous leurs yeux. L'hélicoptère repartit et ils s'enfoncèrent dans leur domaine.

Clara avait mis dans l'arrangement toute la rigueur dont elle était capable. Les chambres au nombre de quatre étaient des cellules chauffées avec des poêles de fonte cylindriques, des vieux Godins, à l'exception de leur pièce à eux qui s'enorgueillissait d'une machine de pierre réfractaire à double fourneau. Ça cuisait, ça chauffait l'air et l'eau, ça servait même de banc. Des têtes de béliers en ornaient le fronton. Plus profond encore, dans l'ancienne poudrière, un petit groupe électrogène dispensait dans les pièces une lumière dansante, et son moteur Diesel au ronron assourdi donnait à penser que l'île était en marche au travers de la mer. Le sol était dallé. Quelques rares tapis anciens assourdissaient les pas dans le centre des pièces. Il n'y avait ni téléphone, ni télévision, ni radio, ni machine à laver d'aucune sorte. La cuisine alimentée par une citerne remplie d'eau de pluie avait conservé son évier d'origine, une auge comme pour les bêtes, surmontée d'un énorme robinet de fonte, aux armes de dieu sait quel capitaine de fortune englouti par les flots depuis plusieurs siècles.

Ici on faisait son lit, la cuisine, la vaisselle et toute chose sérieuse qui occupe le corps et libère l'esprit. Pour rêver, il y avait la mer, pour dormir, il y avait le vent. Mathieu et David avaient capturé à marée basse assez de grosses crevettes et de vers de vase pour appâter les lignes. Ils pêchèrent tous les trois. Avec sa longue canne pour le lancer de mer, Julien prit un bar ruisselant de plus de deux kilos. Les enfants hurlaient de bonheur. Marcellin-Berthelot faillit le manger cru. Soudain, Julien sentit une présence, un regard. Il chercha des yeux, leva la tête. Par une fenêtre étroite, Clara surveillait ses trois hommes à l'ouvrage. Alors il se sentit fatigué et heureux. Il eut envie de revenir en arrière et de s'arrêter. Pourquoi donc tant s'agiter, tant travailler, tant voyager ? Que ce soit pour des journaux d'abord, et pour le cinéma ensuite, il avait tellement pédalé sur les latitudes, baissant la tête aux courants d'air des grands tournants : Aden, Manille, cap Horn, Dakar. Il s'était tellement laissé glisser jusqu'au bas des longitudes lisses, un film aux Indes, un autre en Afrique, deux à New York, trois en Espagne, face à Tanger, à Almeria, cet Hollywood pauvre du monde occidental. Est-ce que tout l'argent qu'il avait gagné avait contribué à son bonheur ou à celui des autres ? Sûrement pas. D'ailleurs, il n'avait jamais su maîtriser aucun problème financier. Tout ce qu'il savait, c'est que l'argent n'était pas le roi du monde moderne, il en était le dieu. Un dieu jaloux, capricieux, imprévisible, écrasant ses enfants dans son sommeil, indifférent à tout sauf à lui-même, énorme, stupide : un dieu.

Il confectionna un dîner-goûter, un dîner

d'enfer et d'enfants, tourteau mayonnaise, jus de groseille, coca-cola, bordeaux, gigot d'agneau de pré-salé, salade au roquefort, bananes écrasées avec des petits suisses. Dans la cuisine, ils mangèrent tous les quatre, serrés les uns contre les autres, avec leurs doigts. Les enfants savent bien quand les grands s'aiment bien. Il en résulte pour eux une protection magique, même si rien n'est formulé. Et puis la nuit tomba et tout le monde se coucha. Dans le grand lit dur, un lit à ne jamais avoir mal au dos, il regardait Clara appuyée sur un coude. Elle était nue, lui aussi. Elle lisait une revue pour femme, un de ces trucs où il n'y a que des images à regarder.

— A quoi penses-tu ?

Elle ne répondait pas. Pourquoi donc n'arrivaient-ils pas à rompre ni à se réconcilier ? Comment obtient-on des situations claires, alors qu'entre homme et femme tout n'est qu'impondérables, contradictions, émotions éphémères qui effleurent le temps, n'arrêtent pas la durée et pourtant resurgissent comme indéfiniment. Le désir lui-même connaît ses périodes, ses saisons, ses marées d'équinoxe, ses mortes eaux. Les réseaux de liens affectifs invisibles et informulés qui nous rattachent les uns aux autres obéissent à des lois millénaires que tout le monde appréhende, que personne ne connaît. Pouvoir parler à l'autre et en être entendu, cela dépend d'une musique, d'un geste, d'un regard, d'une bonne nouvelle, d'un malheur trop grand qui nous sort de nous-mêmes. Alors, comment faire des bilans, comment dresser des plans ? Pour sa part, Julien ne connaissait que la patience, l'affût et l'espérance.

— A quoi penses-tu ?

Elle continuait de sourire, et pourtant elle avait si peur d'entendre venir à pas lents le cortège hideux et rampant des malentendus.

— Je suis content d'être là... et toi ?

Elle lui tendait la main. Elle savait qu'il allait l'embrasser, se retrouver, la retrouver. Mais elle savait aussi qu'il ne fallait pas s'habituer, et que les hommes de la race de Julien ne changent jamais. Il savait peut-être aimer, mais pas vivre. Elle savait dans sa tête de femme cuirassée d'instinct de conservation qu'elle ne pouvait être que sa maîtresse, et plus jamais sa femme, faute de quoi il cesserait de la voir vraiment, de penser à elle. Elle ne serait plus le refuge contre lui-même, mais sa partenaire de malheur. Elle lui souriait et elle pensait : il hait le quotidien, il n'aime que les nuits de Chine. Il brûle tout dans l'instant, c'est un enfant, c'est un homme. Et lui, il savait bien qu'elle se disait cela. Plus il la sentait distante et attentive, plus il la désirait. Son métier de fou, l'usure du temps, ses propres malheurs, tout s'estompait. Ils entraient peu à peu dans la forêt. Bientôt il n'y aurait plus qu'un chasseur, lui et qu'un gibier, elle. Il lui toucha le bras et vit sa peau qui prenait lentement du grain. Sa pensée s'accélérait, son propre sang lui chauffait le ventre, et dans sa tête, il marmonnait : je suis sûrement maudit, mais cette fille-là, elle est bénie des dieux, bénie comme le pain et je vais la manger. Il lui roula dessus. Comme elle le regardait, il lui mit la main sur les yeux. Elle se mit à rire de joie, et du plaisir de l'intimider encore. Ils étaient des animaux. Ils n'avaient plus que des corps. Encastrés l'un dans l'autre, ils fonctionnaient avec la joie dite de la première fois, et qui, tout bien pesé, ne vient qu'après longtemps, quand on a tout exploré de l'autre, que l'on est rodé, usé, poli, frotté à l'autre. L'amour fort, le contraire des premiers bafouillages, l'anti-puberté, la femme avec des hanches, la femme qui sent la femme et l'homme comme un chien. Sur elle, le poids de lui, sur lui, le poids de sa vie. Ils se connaissaient, ils se reconnaissaient,

Vers quatre heures du matin, au milieu du sommeil, il lui dit qu'il l'aimait. Elle l'écoutait parler. Elle se disait sereine : ces mots-là restent toujours les mêmes, c'est nous qui changeons lorsque nous les disons. Oui, c'est nous qui bougeons. Mais pour combien de temps ? Il se leva vers sept heures, passa un gros tricot qui gratte, mit un pantalon de toile et se rendit dans la cuisine pour y faire du café. Chemin faisant, il jeta un coup d'œil aux garçons. Ils dormaient environnés de leurs trésors, avec leurs cannes à pêche sur leurs lits, leurs palmes près des tables de chevet lui firent penser à des pantoufles de sirène. David avait même conservé ses lunettes de pêche sous-marine accrochées à son front. Il les lui ôta doucement, et puis il lui frotta la peau là où le caoutchouc avait laissé une marque. Il se souvenait d'un morceau de poème oublié :

Immense prison de l'enfance,
Jeu d'attente et de défense,
qui encercle peu à peu...

Il mit le couvert du petit déjeuner des garçons, pressa deux oranges pour Clara qu'il versa dans un verre et recouvrit d'une soucoupe, pour le cas où elle dormirait jusqu'à midi. L'eau chantait sur le feu. Marcellin-Berthelot se frottait dans ses jambes, silencieux comme chien qui voudrait être chat. Il remplit un premier bol de café et le second de lait. Il vida le café d'un coup. Marcellin but le lait à coups de langue comptés, comme quelqu'un qui sait boire, comme une bonne machine. Quand il eut fini, il se pourlécha de sa langue rose de personnage au foie vierge de tout whisky, de tout mégot. Julien aimait son chien. Pas comme les femmes, ni comme les chasseurs, qui les rudoient pour les rendre plus serviles : il l'aimait pour ses vertus de base, fidélité, tendresse, beauté, et pour son autonomie profonde que n'avait jamais entamé sa dépendance par rapport à celui qui le possédait pour l'avoir acheté. Aveugle droit, qui prenait à l'odeur, et en une journée toutes les mesures d'une maison nouvelle, Marcellin était pour Julien un modèle de vertu. Son silence était éloquent. Jamais il n'aboyait, et pourtant il parlait, il émettait des grognements minuscules, tendres, conseils du quadrupède sage au bipède égaré. C'était « La Voix de son Maître ». Il en avait d'ailleurs le physique démodé, qui ornait autrefois l'intérieur des couvercles de nos vieux gramophones.

Ce matin-là, tout était plénitude. Chaque chose était à sa place. Il alluma une cigarette, la première, la meilleure, la ramoneuse, celle de la petite toux sèche. Puis il monta sur le toit du fort. La marée était basse. Le vent jouait de l'orgue. A plus d'un kilomètre, la mer et l'horizon n'étaient qu'une même ligne. Au-dessus de sa tête, des mouettes énormes jouaient les cerfs-volants fous. Tout cela n'était pas normal, ni d'être somme toute le mari de Clara, ni d'avoir pour soi un ouvrage Vauban, des enfants merveilleux, une grande situation, un métier-passion, une mauvaise santé de fer. Ces choses-là se payent toujours un prix élevé. La solitude, le sentiment que rien ne dure, la notion suraiguë de la fuite du temps, la perte partielle du sommeil, c'était sans doute le contrepoids, l'addition naturelle que présente toujours le destin en contrepartie de toute forme de réussite. Pour échapper à cela, il aurait fallu qu'il n'ait pas été formé à ressentir tous les chaos de l'époque, que son métier n'ait pas été d'en rendre compte, d'en témoigner. Il n'avait même plus la ressource intellectuelle de certains de ses aînés, colosses de la vitupération, qui prenaient leurs colères pour une forme de vérité. Etait-ce le vent furieux, mais la fin de *la Grande Peur des Bien-Pensants* de Georges Bernanos lui revenait dans la tête comme une musique baroque. Ecrit en 1931, ce texte stupéfiant était la caricature horrible et prémonitoire du monde actuel : « Et après la bombe, vous verrez pis. Vous saurez ce que c'est qu'une certaine Paix — non pas même celle qu'entrevoyait Lénine agonisant sur son lit de sangle, au fond de sa hideuse mansarde du Kremlin, un œil ouvert, l'autre clos — mais celle qu'imagine, en ce moment peut-être, en croquant ses cacahuètes au sucre, quelque petit cireur de bottes yankee, un marmot à tête de rat, demi-saxon, demi-juif, avec on ne sait quoi de l'ancêtre nègre au fond de sa moelle enragée, le futur roi de l'Acier, du Caoutchouc, du Pétrole, le Trusteur des Trusts, le futur maître d'une planète standardisée, ce dieu que l'Univers attend, le dieu d'un univers sans Dieu. »

Il n'était plus possible d'entrer encore dans ces querelles partisanes. Personne de conscient, même très imparfaitement, ne pouvait encore choisir une cause ou une éthique simple, et vomir tout le reste. Julien savait qu'il est des époques pour les cathédrales, pour les révolutions, pour les fusils. La nôtre demandait que l'on se prenne la tête à deux mains. Comprendre, ne plus juger selon les vieux schémas, comprendre vraiment, comprendre, et puis, peut-être aussi, aimer. Le dix-neuvième siècle de la réaction et du socialisme fut imprécatoire. Les séquelles de ces vieilles colères résonnèrent jusqu'à la mort de Louis-Ferdinand Céline. Il fut un temps où la rage droitière faisait le style. Puis la gauche et ses idées abîmèrent le verbe qui n'est qu'un luxe au profit des valeurs humaines. On entrait dans le Troisième Age. Il allait bien falloir que les deux se rejoignent.

***

Soudain, du côté de la terre, il vit une silhouette au pas incertain qui marchait vers le fort. Le passage était étroit et humide, et les pas de l'homme s'enfonçaient profondément dans le sable. Personne ne s'aventurait jamais par là. Peu à peu le personnage prenait forme. Oui, c'était bien lui qui avançait, colosse aux pieds d'argile, avec sa carrure de boxeur et ses petites mains de fée démoniaque. Ses yeux clairs disparaissaient derrière les rituelles lunettes noires. Quand il fut au pied du rocher et de l'escalier, il leva la tête et cria :

— C'est vous ?

— Je crois.

— Alors ça va.

Il gravit lentement les quatre-vingts marches dont les premières étaient glissantes, car immergées chaque jour. Il arriva devant Julien, époumoné.

— Comment saviez-vous que j'étais là ?

— Je sais tout.

Ils entrèrent. Une fois dans la cuisine, Gustave Joyses dit simplement :

— C'est gentil chez vous.

Il s'assit comme on tombe et réclama du café. Julien lui en donna et en reprit lui-même. Ils burent en silence en s'observant mutuellement.

Gustave Joyses ne s'appelait ni Gustave, ni Joyses, mais Abraham Levi. S'il l'eût osé, il eût choisi Sophocle comme prénom et Shakespeare comme nom de famille. Affublé d'un caractère effroyable, il finissait toujours par se fâcher avec tout le monde. En fait, Gustave était un immense metteur en scène. Son acharnement au travail n'avait d'égal que son exigence. C'était un laborieux qui à force de rouler sa bosse s'en était fait une âme. Julien l'aimait autant qu'on puisse aimer les hommes comme ça. Quand il était là, l'esprit soufflait d'une manière aiguë. Gustave était un fils de ghetto. Il faisait partie de cette internationale juive qui, de Marx à Chaplin en passant par Proust, promène sur le monde un regard éclairant et dangereux qui modifie toute chose. Il était de ceux qui, sans vraiment le savoir, sont en quelque sorte la conscience de l'Europe.

— Votre femme est là ?

Julien faisait signe que oui.

— Tant mieux. C'est bon pour vous une femme mythique. Ça vous donne de la dimension... Cela dit, vous n'en manquez pas.

Gustave humait le décor. Il écoutait le vent.

— On s'est battu ici, il y a eu des carnages ?

Julien souriait. Il faisait signe qu'il ne savait pas.

— Je suis venu vous proposer un travail. C'est l'histoire d'un tueur.

Il se taisait. Il attendait que Julien le questionne pour, somme toute, continuer son monologue.

— Et pourquoi est-il tueur ?

— C'est son métier. Il vit seul. Il n'a ni

femme ni ami. Il a un colt python de six pouces et demi, un chapeau gris, un imperméable anglais. Il doute et il redoute. Une sorte d'Hamlet muet ! Ça s'appelle Kamikase !

— Ah bon !

— Eh oui ! Bien entendu, c'est pour Jérôme.

Gustave Joyses avait tout dit. Il n'attendait pas de réponse de Julien. Il savait qu'il travaillerait à son film. Il faisait une grimace et appuyait sa main sur son cœur qu'il avait très fragile.

— Vous avez peur de la mort ?

Gustave affichait un sourire enfantin.

— Non. Je suis trop curieux.

Il se levait. Il allait vers une meurtrière et regardait au loin, puis il disait à Julien, sans même le regarder :

— J'aime partir de la mer. Altitude zéro. On ne peut que monter.

VI

C'était six ans plus tôt dans une montagne suisse endormie sous l'hiver. La neige tombait, bleutée, à gros flocons, avec une régularité chronométrique. Rien ne semblait devoir l'arrêter. Dans la grande pièce du bas, Xavier et Jérôme s'affrontaient sur un scénario. Julien était à l'étage, dans son lit, Clara au creux du bras. Les murs de sapin ne semblaient amortir aucun bruit, au contraire, le chalet était une sorte d'amplificateur, une caisse de résonance. Aussi avaient-ils pris l'habitude de s'aimer en secret, à gestes prudents, à baisers silencieux. Ils avaient skié ensemble toute la matinée. L'après-midi tournait lentement à la nuit. Venant du bas, les voix des travailleurs traduisaient l'incertitude : « Et si on la tuait ? Trois maîtresses, c'est trop. Mais que fait donc Julien ? » C'était une ronde de mots, un carnage d'idées. Clara souriait. Lui, heureux du présent, mais malade de ne pas savoir l'arrêter, il pensait déjà au passé. Il se souvenait de la première lettre qu'elle lui avait envoyée. Il avait respiré son souffle jusque dans son écriture. Rien ne s'évaporait d'elle, dans cette mutation qu'est le passage d'un sentiment qui prend forme entre l'encre et le papier. Et pourtant, elle n'avait pas de style. Voilà pourquoi sans doute elle allait à l'essentiel sans passer par la forme. Le style n'est qu'un vêtement, et l'âme est nue sur la bouche et la main d'une femme. Ils firent l'amour. Cérémonie secrète, qui semble arrêter même les oiseaux sur les ailes du vent.

Seul dans le lit de son appartement de célibataire, Julien revoyait chaque minute des vacances passées du temps qu'ils étaient deux : le sommet du Mont Blanc où le petit avion l'avait déposé avec Clara et le moniteur, les lèvres gercées, la réverbération terrible et la vallée qu'il ne faut regarder qu'au travers des lunettes filtrantes. Et puis le silence, la descente sans fin dans la neige profonde.

Au pied du lit, Marcellin-Berthelot se mit à gronder. Sans doute un cauchemar, une histoire d'os volé ? Julien le réveilla d'un petit sifflement. Et puis il regarda sa montre. Une heure trente du matin. Il se leva.

La nuit s'annonçait tiède et solitaire. Il roulait doucement. Il franchit la Seine et gagna la rive gauche. Il entra dans un café-concert : le plus beau, un miracle éphémère, le dernier bateau-ivre des nuits du grand Paris. Du bar-promenoir, il voyait la scène. Une fille costumée en légionnaire chantait :

Je suis un poitrinaire
C'est là ma seule affaire
Ça ne regarde que moi
Je suis un hors-la-loi.

Elle fut bientôt remplacée par le maître d'œuvre, ton rocailleux, Tarn-et-Garonne, regard perçant, menton vorace, mais sous la mamelle une fleur bleue, plaisir des dames, la cocarde de Mimi Pinson. Saltimbanque de première grandeur, Renaud Mortagne était sans le savoir un de ceux qui avaient le plus appris à Julien. Avec rien, il faisait tout. Deux danseuses, trois garçons de salle, quelques acteurs trouvés dans les couloirs d'une caisse d'allocations chômage et il vous donnait le passage de la Berezina dans une fureur de bastringue qui faisait courir l'Europe entière.

Personne dans le monde du spectacle ne savait, comme Renaud, aider autant à l'illusion. Comédien incertain pendant un quart de siècle, il avait un beau jour accédé à la vraie réussite, celle des ratés. Las de rêver ses propres folies tout seul dans une chambre, il les avait exhibées, montrées à la terrasse d'un café de province, comme il pouvait, n'importe comment, sans argent, sans talent, avec génie. Un succès fracassant l'avait catapulté à Paris. Mais ni la fortune, ni une gloire évidente ne lui avaient fait quitter son sourire rusé et enfantin. Il était resté Scapin et Fracasse. Il devait avoir un secret, sans doute lisait-il *le Vicomte de Bragelonne.*

Julien tourna le dos à la scène. Au-dessus du bar plongé dans la pénombre, il voyait une pendule électrique. La plus grande des trois aiguilles marquait les secondes. Rien ne l'arrêtait. Il regardait sa vie fuir à raison de soixante pulsations électriques par minute. Sur la scène, la chanteuse continuait. Julien sentait le poids de sa solitude qui lui courbait l'échine. Une femme lui souriait. Il ne la voyait pas. Il voyait son amour. Il voyait sa vie, l'époque et tout le reste. Il voyait Clara, et elle n'était pas là, et tout manquait, le geste et la saveur.

Il reçut un coup sec dans l'épaule. Renaud Mortagne, qui avait fini d'annoncer un nouveau numéro, était passé de la scène au bar comme par enchantement.

— Ça va fils ?

Il lui refrappa l'épaule d'un curieux geste, avec deux doigts. C'était une habitude qu'il avait, comme pour mieux convaincre. Une belle conversation avec Renaud vous laissait la tête chantante, le verbe haut, l'épaule meurtrie.

— Je te trouve petite mine, tu devrais faire du vélo.

Renaud avait toujours voulu convertir Julien à la bicyclette. En vain.

— Tu devrais suivre le Tour, tu sais, celui de France. Beau pays que le nôtre. Tu les aurais vus l'an passé, groupés comme des abeilles ! Et les lacets du mont Chauve, juste sous La Turbie, c'est le pendant du Midi à l'enfer du Nord. Pas un chrétien ne peut tenir là. C'est une horreur contraire à la Convention de Genève. Le cagnard y tape plus fort qu'aux bataillons d'Afrique ! Le Sahara, à côté, c'est un bois de Boulogne dans un automne ancien, du temps des cheveux et des chevaux. Et notre maillot jaune, tu l'aurais vu, debout sur le pédalier, un titan, un dragon, une guerre d'Espagne ou bien un Tarzan ! Et tous les paysans qui tapaient dans les mains. Et Poupou l'admirable ! Pas comme tous ces jeunes qui perdent les cale-pieds et mélangent les braquets ! Une grande dégonfle ! Dramatiquement pas beau ! Pas un qui se défonce même pour les grosses primes. Où sont-ils donc passés les jeunes loups d'antan, ceux qui avaient les dents comme des baïonnettes... Et à propos, ton nouveau livre, tu le mettras en vente ou bien tu le gardes pour ta vieillesse ? Et puis, j'espère que tu as pris ta plume d'or des dimanches bénis, et pas ton stylo bille de petit reporter. Hein ?

Pour Julien, entendre Renaud, c'était voir la Provence, c'était lire Pagnol. Mais on appelait le maître. Il vidait son whisky et bondissait sur scène, auréolé de lumière dans son smoking blanc.

***

Julien sortit. Il pleuvait. La rue semblait noyée sous un déluge amer. D'où venait toute cette eau, du ciel ou de sa tête ? Les lumières des voitures passaient sans le toucher. Où donc allaient ces gens ? Par la fenêtre ouverte d'une grosse Citroën, il entendit une femme qui riait de bon cœur. Il s'arrêta devant son auto. A travers les vitres balayées de rafales, il vit Marcellin-Berthelot dressé sur ses pattes arrière qui l'attendait avec certitude. Pas de doute au fond de ses yeux morts, juste de la confiance et tellement de patience. Il monta au volant. Le chien se glissa sous son coude. Ils repartirent. La pendule du tableau de bord indiquait quatre heures. Les noctambules étaient couchés. Des camions venus du bout de la France et même de toute l'Europe entraient dans la capitale pour la nourrir, pour l'équiper, pour la meubler : Bouchardon, Bayonne, Schmitt, Bâle, Van den Heuwell, Amsterdam. Il roulait lentement. Mais où était Clara, dans quel lit, dans quel sommeil ? Il ne posait jamais de questions, mais il avait entendu dire qu'elle était partie dix jours aux Antilles ? Il n'irait jamais là-bas, il avait trop de travail, trop de chaînes le rivaient à son métier. Il n'avait jamais su prendre de grandes vacances. Le labeur était sa paresse à lui. Il s'y enfonçait et sa fatigue continuelle l'aidait à maintenir la pression dramatique qui le faisait écrire.

Soudain, il se rendit compte qu'il lui fallait un contact, une peau, quelque chose. Il mit le cap sur un quartier chaud. Il finit par trouver une personne qui convenait. Il traita pour deux cents francs. Curieux parcours que celui où le simulacre remplace le véritable échange. Les bouches anonymes ne sont pas de vraies bouches, et les mains qui se tendent seulement pour agripper ne sont pas de vraies mains. Les yeux des femmes qui soupèsent un client sont comme des yeux de verre. Leurs caresses rituelles sont les photographies imprécises d'œuvres d'art disparues. Les sourires des prostituées ne sont que du malheur enfoui. Aussi belle que soit la femme, aussi parfaite que soit l'apparence, si on regarde au fond, derrière les lèvres pourpres, pâles ou noires, il y a toujours un destin édenté, un cœur fêlé, une enfance perdue, et la désespérance de l'acte répété avec n'importe qui dans l'indifférencié.

Il roulait maintenant sans but. La ville s'éveillait. Mais où donc était Clara, ou plutôt, pourquoi s'étaient-ils séparés ? Les explications romanesques classiques ne manquaient pas. Elle avait eu des amants, et lui s'était payé quelques passions comme on se paie des cuites. Clara avait même eu un autre amour, mais rien de cela n'avait en son temps amoindri leurs rapports, au contraire. Chez eux, en ce temps-là, le feu attisait le feu. Il n'y avait de séparation que pour l'attente et le retour. Non, ce n'étaient pas les autres qui les avaient séparés, ce n'était pas l'ennui. Il n'y en avait pas eu. Alors ? Un beau jour, il s'était levé, Clara n'était plus là, les enfants non plus, la bonne non plus, le linge non plus, les vêtements de Clara, les chaussures de Clara non plus. Il avait pleuré, et puis, par je ne sais quelle habitude, il s'était fait du café et, ensuite, il était venu se regarder dans une vieille glace au cadre de faux bambou pour ausculter sa tête. Il n'avait pas vu grand-chose ce jour-là. Le mal était trop récent.

Avait-il été pris en traître par ce déménagement à la cloche de bois ? Non. Des signes avant-coureurs s'étaient annoncés plus de deux mois auparavant. Certains objets de première nécessité avaient peu à peu disparu un à un. Les tiroirs des vêtements des enfants s'étaient curieusement vidés. Au fond, il n'avait pas voulu savoir, ou plutôt pas voulu croire qu'un tel événement puisse arriver. Et puis peut-être aussi que ne sachant plus vivre avec Clara, il avait à cette époque-là voulu lui laisser la responsabilité du départ, un faux départ, juste le temps qu'ils retombent l'un et l'autre sur leurs pieds pour mieux se retrouver. Comme elle avait dû souffrir de ne pas pouvoir lui parler, de faire toute seule les choses contre lui, de lui mentir, et de le regarder, hideux complice de ses mensonges à elle. Comme elle avait dû le mépriser de le voir aussi embourbé. Comme il l'avait mal aimée, la femme de sa vie. Et elle, jamais elle ne s'était plainte, ni à lui ni aux autres.

Il sortit de Paris et prit l'autoroute du Sud. Il voulait mieux se souvenir. Une heure plus tard, sur sa droite, il vit un motel. Une nuit de septembre, de retour de vacances, il y avait dormi avec Clara. Il s'arrêta, entra et demanda si la chambre quatre était libre. Elle l'était. Il la prit. Elle n'avait pas vraiment changé. Il s'étendit sur le lit et regarda le plafond. Il vit une tache d'eau provoquée par une fuite déjà ancienne. Il eut la certitude qu'elle n'était pas là de son temps. De son temps ! Une nuit, deux fois l'amour, et puis un court sommeil solide comme un tombeau. Il toucha le dessus de lit. Ce n'était sûrement pas le même. En tournant la tête, il voyait la salle de bains repeinte, elle aussi, comme le passé.

⁂

Le lendemain matin, quand il repassa chez lui, il trouva sur son bureau un petit billet blanc, plié, sans enveloppe. C'était un mot de Frédérique. Elle lui disait ceci : « Julien, je t'ai attendu — Un peu — Mais la nuit, à mon âge, c'est la moitié du jour — La solitude et moi, tu sais, cela fait deux. Ne t'inquiète pas. Je reviendrai. Je vais ailleurs voir si j'y suis. »

VII

Frédérique.

Julien avait tout simplement oublié de parler de Frédérique. Elle avait participé à la plupart des événements qu'il venait de raconter. Elle était l'amie de presque tous les amis de Julien. Oui, elle était beaucoup pour lui, de plus elle était une grande part de son temps. Alors pourquoi cette omission en forme de mensonge, pourquoi ce faux témoignage ? Il aurait pu dire qu'il avait été fasciné par Frédérique dès qu'il l'avait connue. Il aurait pu dire qu'il pensait souvent à elle. Non. Il ne pouvait ni l'écrire vraiment ni le dire sans une gêne obscure. Il n'y a pas que la vérité. Il y a l'usage que l'on en fait, même si on ne se réclame que d'elle. On croit que la perte de certains biens et de certains êtres nous rend seul et libre, c'est faux. Julien voyait Frédérique avec pour unique but de ne pas l'aimer. Avait-il peur ? Non. C'était différent. Il était en face d'un être qu'il savait important tout court et important pour lui. Et il ne pouvait plus bouger, plus faire les vrais gestes. En réalité, il ne pouvait pas la caser — terme monstrueux et parfaitement exact. Julien avait joué toutes ses cartes. La malle était pleine. Il n'y rentrerait plus un seul paquet. Entre Clara et lui-même, il n'y avait pas de place, pas d'interstices, pas le plus petit jour, même peut-être pour une femme qui ressemblait comme un frère à l'Amour. Il aurait voulu dire comme Frédérique avait été prodigieuse dans le lit. Il aurait voulu savoir dépeindre certains matins, certaines coiffures, des gestes, et des regards. Mais en fin de compte, même multiple, même diversifié et spectateur de sa propre vie, il demeurait prisonnier de son unité de mesure, Clara. Ce n'était pas sa faute s'il ne savait pas écrire Frédérique. Il n'était pas assez haut ni assez grand pour survoler, embrasser, regarder et peindre une autre beauté que celle de sa femme. Le cœur ne devient jamais immense s'il va en liberté. Il s'égare, il s'abîme. Il a besoin de règles pour battre à grands coups sourds. Il a besoin d'un ordre secret. Un jour, il y a longtemps, Julien s'était enfermé le cœur pour Clara. Il avait grandi dans ses propres contraintes, fait ses muscles en tirant sur les chaînes qu'il avait lui-même choisies. Le peu qu'il possédait lui avait été donné par ce choix. Sans bouger, sans rien dire, Clara l'avait fait homme, et puis toujours sans rien demander, sans rien apparemment vouloir, du gratte-papier, elle avait peut-être fait un écrivain. Elle était comme ça, Clara. Elle regardait les pierres, ça faisait des maisons, elle regardait la terre, il y poussait du blé et des enfants sauvages. Elle l'avait fait, il le savait. Elle le savait. A partir de là, ils n'avaient plus grand-chose de journalier à se dire. Ils pouvaient encore se regarder de loin, ou bien s'étreindre sec, de temps à autre, le baiser-brûlure, le flash qui troue la nuit. Voilà pourquoi, la merveille, la rareté de Frédérique échappaient à Julien. Voilà pourquoi les autres femmes, même dans son lit, n'étaient plus vraiment pour lui ni à lui.

Pourtant, il la voyait avec des yeux exacts, Frédérique. Il la connaissait telle qu'en elle-même, il la mesurait, il la convoitait parfois, mais il ne pouvait pas se l'approprier. C'était tout cela qui faisait son impuissance à la décrire et la raconter. Au fond, il était bien comme les autres. Il parlait de ce qu'il pouvait, pas toujours de ce qu'il voulait. Et quand il ressentait le besoin et la tentation de décrire ou de louer un être qui dérangeait son ordre intérieur, alors, comme à l'heure des confidences, le mensonge le guettait à chaque ligne, à chaque mot, et même jusque dans la ponctuation, ce vieux truc à fausser les phrases.

Il n'est peut-être de sincérité que celle que nous voulons, que celle que nous aimerions nous reconnaître ? Il y a des hommes qui avouent spontanément des crimes qu'ils n'ont pas commis, et qui sous la torture refuseraient d'admettre qu'ils n'ont jamais pu apprendre l'anglais ou bien qu'ils ne connaissent de plaisir qu'avec des vieilles femmes laides. Nos peurs sont des labyrinthes, nos vraies hontes ne sont connues que de nous. Ne relevant pas de la raison, elles ne s'expliquent pas et ne se partagent pas. Il connaissait un ancien d'Indochine qui avait connu, fait et subi toutes les horreurs de la guerre. Or cet homme n'avait jamais pu dormir dans le noir. Et ce n'était pas une conséquence de sa vie d'aventure. Dès son enfance, l'obscurité avait été sa vraie ennemie.

Vers dix ans, Julien désirait son chat, un

gros gouttière tigré, une machine à ronronner. Le voulait-il vraiment, ou bien la solitude de l'enfance ne nous porte-t-elle pas simplement vers l'amour sans frontière ? En 1943, chez sa grand-mère, il embrassait les arbres, il buvait de l'eau de la rivière. Pas par soif, mais pour être un peu la rivière.

Comment avait-il pu oublier de parler de Frédérique ? Elle était sa maîtresse depuis plus d'une année. Souvent, ils passaient la nuit ensemble. Souvent, ils dînaient tous les deux. Tous les jours, ils se téléphonaient. Alors pourquoi n'avait-il donc pas trouvé la place de l'intercaler ne serait-ce que dans ce récit ? Pourquoi l'avait-il tuée ? Quand il avait écrit son premier livre, il avait annoncé à Florent : ce sera un récit sur la vie de ma mère. Quand il avait remis son manuscrit, tout le monde lui avait demandé pourquoi son père, le personnage central, semblait être veuf. Et c'était vrai. Où était donc passée sa mère ? Où passent ceux que nous aimons et dont l'existence nous gêne ? On les met dans les trous sombres de notre mémoire, on les brûle en secret. Et puis, dans la vie, dans les pièces, dans les tableaux, il n'y a jamais assez de place pour tout le monde. Alors on peint une femme qui tient une fleur à la main, et puis de recherche en espérance, de travail en patience, on voit que la fleur est plus belle que la femme. On supprime la femme. Et puis, après, on voit que ce n'est pas la fleur l'important. C'est quelque chose de minuscule qui se trouve en haut à droite. C'est un oiseau. Non, ce n'est pas l'oiseau, c'est le soleil. Alors, si on a la folie honnête, si on veut bien payer le prix de l'accouchement, si on n'est pas un tricheur, on regarde le soleil en face, et on se brûle. Clara était le soleil de Julien. A force de la regarder, il s'était usé et agrandi les yeux. Sa tête était pleine, à ras bord, et rien, plus rien, ne viendrait la vider.

Frédérique, pauvre merveille. Pourquoi avait-il donc fallu qu'elle tombe sur lui ? Bien que grande et robuste, elle était plutôt mince. Elle avait des cheveux roux et se faisait par coquetterie un regard de myope pour mieux paraître étonnée. Dans le monde le plus fabriqué, le spectacle, elle était restée une paysanne. Les coudes sur la table, elle tartinait son pain avec des gestes bibliques. Elle ne prenait sa douche qu'en mettant de l'eau partout. Elle parlait clair et fort, comme les enfants. Toujours, elle s'habillait trop vite, et sortait dans la rue à demi boutonnée. « Il faut que j'aille », disait-elle, désireuse et pressée de courir le monde. La nuit, quand elle se couchait, elle se jetait sur le lit, tout habillée, en criant : « Je dors. » Comme elle était simple, comme elle était vivante. Elle travaillait dans le café-concert de Renaud Mortagne. Elle était très belle. Elle n'y pensait pas trop. Elle cherchait autre chose. Chaque nuit, elle s'habillait en Charlot ou en Pearl White. Ses numéros étaient célèbres. Il n'y avait pas dans Paris un seul noctambule qui ne soit venu rêver une fois au moins sur ses jambes parfaites et ses gestes un peu raides de cinéma muet. Elle avait vingt-cinq ans. Les hommes lui couraient beaucoup après. Elle courait assez peu. C'était un petit prince. Une enfance difficile lui avait appris à survivre. Jamais elle ne se plaignait, ni du temps, ni des dents, ni de rien. Les jours de désespoir, elle disait bien un peu : et moi, et moi, comme les héroïnes des pièces d'Anouilh, mais ça n'allait pas loin. La vie lui avait enseigné à ne rien espérer. Elle se tenait droite, physiquement et dedans. Elle aimait à séparer le monde entre riches et pauvres. Elle n'avait pas tort, ce ne sont pas les mêmes. Elle disait à Julien qu'elle l'aimait. Elle le lui disait sans mots, à pudeur voilée, avec des tristesses gaies. Le pensait-elle ? Lui, il n'y croyait qu'à demi.

Il savait que, n'étant plus capable d'aimer encore une fois, il excitait chez les vraies femmes un goût de possession. Il était en situation de fuite, celle de tous les séducteurs, celle des hommes perdus. Frédérique, si proche chaque jour, si utile pour savoir que le temps est au gris ou au beau. Frédérique, qui partirait un jour, pour de bon, qui aurait raison, et qu'il regretterait infiniment, désespérément sans doute, puisque, n'ayant pas su la posséder, il se retrouverait à son tour en position de chasseur, face à un gibier devenu imprenable, heureusement imprenable... Je t'aime Clara.

Quelque chose grelotta près de Julien. Quoi donc ? assis à sa table, il chercha des yeux d'où provenait le bruit. C'était le téléphone. Sa sonnerie incorporée faisait ronfler l'appareil, communiquant une vibration au buvard et au papier machine blanc sur lequel il s'acharnait à assembler des mots... Frédérique, Clara. Le téléphone semblait s'impatienter. Il finit par décrocher.

— Simone vient d'accoucher. C'est un enfant, un vrai, un garçon. Huit livres trois cent cinquante...

C'était l'un de ses producteurs. Julien

entendait la voix. Elle tremblait d'une joie contenue, intense et animale. Pourtant, même par amitié, la nouvelle pour lui était sans émotion. La naissance de David, ce fut une vraie naissance, quelque chose ce jour-là sortit du ventre d'une femme. Il revoyait l'accoucheur, un colosse aux gestes de boucher. Clara était renversée sur la table de supplice, les jambes écartées. Elle regardait Julien. Elle contrôlait bien sa douleur. Elle ne criait pas. Elle avait toute sa tête. Elle vivait l'arrivée de son enfant seconde après seconde. Elle avait de la buée tout autour des lèvres. Julien lui tenait la main. Il se disait qu'elle avait le cœur coupant comme un morceau de verre. Elle était si présente, et pourtant elle était comme derrière un miroir. Il lui lâcha la main et puis il alla regarder le ventre. Il s'ouvrait peu à peu, coup après coup. Alors la tête chevelue de l'enfant apparut. Le médecin la saisit. Avec une force inouïe, il arracha la bête. Pour la première fois l'air emplit les poumons du nouvel arrivant. Il hurla de douleur. Un homme venait de naître. Clara prit son fils dans ses bras. Lui, il la contemplait. Elle était comme ce marbre dont Michel-Ange se plaignait, et qu'il accusait de le séparer de la statue qu'il voulait achever.

Clara, son œuvre d'art, jamais finie, jamais cernée, Clara, le reflet, la grâce et le mirage. Oui, il était bel et bien enterré vivant dans l'amour de sa femme.

VIII

C'était un été sec. Il faisait chaud. Ce jour-là, tout fut modifié. Julien franchissait à pas lents les voûtes très austères de l'hôpital Saint-Louis. L'ancienne léproserie, construite hors les murs de Paris par Henri IV pour y cloîtrer les maudits, étirait ses cours successives. Hauts murs répressifs, mi-couvent, mi-prison, proportions admirables, toitures immenses et brunes, soutenues par des murs de briques et pierres soudées au mortier de chaux. C'était beau, plus que l'Hôtel des Invalides, plus que l'hospice de la Salpêtrière, plus encore que la place des Vosges. Chemin faisant, il se demandait combien d'hommes et de femmes avaient pu finir là, en perdant peu à peu leurs mains, leurs nez, leurs bouches, avec, pour unique secours, des prêtres et des messes.

Il finit par trouver l'endroit qu'on lui avait assigné, le laboratoire de cytologie. Ce n'était pas matin de consultation, mais il avait rendez-vous. Une infirmière le fit asseoir dans un local ripoliné. Il se concentra sur le mobilier de l'Assistance publique. Les vitrines disposées devant lui étaient anciennes, glaces épaisses et armatures métalliques chromées. Au bout de quelque temps, le médecin apparut. Il était grand, timide. Peut-être était-il tendre ? Il invita Julien à lui remettre les résultats des analyses déjà demandées par le généraliste et à le suivre dans une salle d'examen. Quand il fut dévêtu, l'homme de l'art se mit à le palper avec une extrême douceur. Manipulation apparemment futile et qui est en réalité le privilège de quelques-uns qui peuvent sinon trancher, du moins vraiment juger du bout des doigts.

— Vous auriez dû venir plus tôt.

— Je sais, répondit, Julien, mon médecin me l'avait dit.

Il sentait à l'intérieur du bras, juste au-dessus du coude, rouler une petite boule. Il savait qu'en remontant sous l'aisselle le long de la chaîne lympathique, le spécialiste en trouverait une autre, puis une autre.

— Douloureux au toucher ?

Il faisait signe que non. Il pensait à Clara. Elle était absente de Paris. Elle était au soleil des vacances avec les enfants.

— Je vais vous faire un peu mal, mais il faut que je sache.

Une infirmière entrait. Elle tirait de grosses aiguilles de leurs éprouvettes stériles. D'un geste brusque, d'une précision horlogère, le médecin enfonçait sous le bras de Julien l'aiguille de plus de quatre centimètres, et puis il fourrageait. Ce n'était pas très douloureux. Le prélèvement achevé, le médecin tendait l'aiguille à l'infirmière. Elle étalait le sang et la particule de chair sur des plaquettes de verre. En moins de trois minutes, il avait été piqué six fois. Il pensait qu'il devait déjeuner avec l'Oiseau. C'était une chanteuse, peut-être sa prochaine conquête, à coup sûr son prochain échec. L'infirmière lui faisait une prise de sang puis s'en allait avec tout son butin.

— C'est grave, docteur ?

— Il faut voir...

Julien se rhabillait. Il s'entendit expliquer au médecin qu'il avait des responsabilités professionnelles, des enfants et une femme à préserver, ainsi qu'une assez grande indifférence pour la mort. Aussi voulait-il savoir.

— Il est huit heures du matin, je vous fixerai ce soir à neuf heures. Téléphonez-moi.

— Vous me fixerez en si peu de temps ?...

Le docteur se gratta le nez et sourit avec humour. Il avait le visage des hommes confrontés avec un quotidien dont le pire ne comporte pas de limite.

— Eh bien, voilà...

Les précautions oratoires s'enchaînaient les unes aux autres comme des tours de roue.

— Ou ce n'est rien, je veux dire ou les cellules prélevées sont normales et vous avez une inflammation ganglionnaire banale, stabilisée et peut-être très ancienne...

Les mots « peut-être » revenaient tout au long de l'exposé de manière répétitive. Julien se disait qu'un diagnostic sérieux comporte autant de réserves et d'inconnu qu'une histoire d'amour.

... ou bien, vous vous êtes coupé à la main il y a plusieurs mois et l'infection a trouvé là une porte d'entrée, ou bien...

Julien comprenait qu'une hypothèse différente de la coupure au doigt allait profilant une ombre chinoise grandissante.

... ou bien, c'est plus grave...

— Mais encore, monsieur ?

Julien savait que les grands médecins aiment à être appelés monsieur. Nouveau grattage du nez, nouvelle moue dubitative.

— Ça peut être beaucoup de choses...

— Mais dans ce beaucoup, vous entrevoyez quoi ?

— Comment vous dire, voyez-vous, sous toutes réserves, Hodgkin, leucoses, lymphoreticulosarcome...

Le dernier nom cité parut à Julien être sûrement le plus long de toute la langue française.

— C'est quoi tout ça ?

Le docteur hésitait une dernière fois. Il semblait qu'il eût peur d'employer un mot simple, de ceux que tout le monde comprend et qui frappent l'imagination. Soudain, il respira à fond et dit tout d'une traite :

— Ce sont des formes de cancers dont certains peuvent avoir des évolutions très rapides.

— Ah bon !

Tout de suite, Julien réalisa à quel point il était absurde d'avoir dit « ah ! bon ». Mais, d'un autre côté, il ne pouvait décemment pas dire « très bien » ou encore « épatant ». Le médecin ayant sauté le pas parlait maintenant clairement.

— Si c'est ce que je viens de vous dire, si c'est un cancer, pour appeler les choses par leur nom, il ne sera pas bon.

Ainsi donc, il y avait des bons cancers, comme il y a des bons sujets, des bons enfants, des bons gâteaux. Julien regarda par la fenêtre. Le soleil caressait les toitures.

— Mettons les choses au pire, docteur. Dans la plus mauvaise des circonstances, je disposerai de combien de temps pour mettre mes affaires en ordre ?

Le médecin plongea ses mains dans la poche-kangourou de son immense tablier blanc de l'Assistance publique, ce tablier qui faisait de ce chercheur célèbre, l'égal, le semblable, le frère du plus modeste de ses étudiants. La médecine, pensa Julien, seul métier où il n'y ait jamais que des élèves, des élèves dont le programme, une fois pour toutes, ne comporte qu'une seule question : la mort. Mais voilà : ils sont tous recalés. Toujours. Non, c'est vrai, il y en avait une autre : la souffrance. Julien réprima une petite grimace.

— Nous sommes en pleine hypothèse, tout cela ne repose sur rien, mais puisque vous insistez, dans le cas le plus improbable, le pire des cas... dix semaines !

— Ah bon !

Le médecin, maintenant, expliquait d'une voix calme et posée en quoi consistait la leucémie lymphoïde myéloïde. Julien écoutait mal. Il se souvenait d'un lieu précis, qui était, d'une autre manière, comme le sosie des maladies définitives exposées par le praticien. Les sociétés organisées cachent bien leurs grandes hontes. Celle-là est près de Paris, personne ne la connaît. Propriété de l'Armée, Julien l'avait visitée quand il était journaliste, et le trajet exact était gravé pour toujours dans sa mémoire : Porte Maillot, Rond-Point de la Défense, Nationale 192, direction Pontoise jusqu'à Cormeilles. Là, après le pont de chemin de fer, prendre à droite au feu rouge, la rue de Sartrouville en direction de Franconville. Longer la rue Gabriel-Péri qui devient la rue Gonce. Au stop qui coupe la départementale n° 122, prendre à gauche. A un kilomètre, se trouve le stade Gaston-Frémont et, juste après, invisible derrière les arbres, l'ancienne prison de la Légion et des déserteurs, le fort Napoléon-III de Cormeilles-en-Parisis. Les voûtes y succèdent aux voûtes, abritant dans leurs flancs obscurs et humides des cachots innommables, des geôles oubliées.

— A neuf heures, je vous dirai exactement ce qu'il en est.

Le médecin raccompagnait Julien. Une fois seul dans la rue, il regarda sa montre. Il était neuf heures du matin. Il lui restait donc douze heures à attendre pour savoir s'il allait mourir tout de suite, comme certains, ou plus tard, comme tout le monde.

Son déjeuner avec l'Oiseau était prévu pour une heure. Il se rendit chez elle à pied. Il sentait le trottoir résonner. Il sentait le vent tiède. Il touchait ce jour-là l'intensité, normalement impalpable, du temps. Il sonna. Elle était là, prête à sortir, si jolie. Il la considéra avec attention. Il la regarda comme on peint un tableau. Le nez était fin et petit, et les narines ouvertes laissaient voir en leur base une veine minuscule dont le rouge foncé tranchait avec la peau blanche de noctambule. Les yeux étaient importants, fendus en amande, très mobiles, le front bombé et haut était partiellement masqué par une coiffure bouclée. La bouche sensuelle, aux lèvres fortes, contenait un sourire sans cesse retenu sur des dents de loup assez peu régulières, mais fort enviables. Les pommettes hautes, le cou long et les épaules carrées évoquaient les

Olympiades, ou quelque dieu du stade. Les mains potelées, comme chez les enfants, s'ornaient sur les ongles d'un rouge très foncé et récemment posé. Les seins accrochés haut sur le buste possédaient des pointes admirablement dressées. La taille d'une minceur évidente était le contrepoint à des hanches superbes, un beau passage pour une naissance. Les cuisses étaient musclées, les jambes fines et longues s'appuyaient sur des pieds un peu grands pour l'ensemble. Ils avaient cependant un attrait profond. Cambrés, ils donnaient leur assise au personnage. Dans l'articulation du genou gauche, un défaut entraînant sans doute une douleur permanente modifiait la démarche. L'Oiseau n'avançait pas. Elle se propulsait en balançant les bras comme les écoliers les soirs de grandes vacances. Son parler se voulait populaire. Il ne l'était pas. Native de Perpignan, sa diction chantante corrigée par Paris et les cours de chant était singulière et, sans qu'elle le sache, plutôt aristocratique. Son caractère se manifestait à première vue par un grand désordre au niveau de la concentration. Suivant éternellement quelque idée ou chimère intérieures qui semblaient être ses bouées de sauvetage, elle ne possédait qu'un pouvoir assez faible d'écouter les autres. D'ailleurs, elle ne pensait pas que la solution soit jamais chez autrui. Elle n'aimait pas recevoir. Sa méfiance naturelle la portait à donner, voire à payer. Echaudée par des passions imprévisibles, elle croyait que son attitude virile lui offrait quelque sécurité. Cette position de refus de son état de femme donnait à tout son être un étrange qui-vive. Chasseur sans espérance, elle se croyait aisément un gibier perdu. Rassurée de plaire en grand nombre pour sa notoriété, elle redoutait d'être aimée pour elle-même, ne serait-ce qu'un peu. Son autorité sociale ascendante était comme le contrepoids à son désarroi latent. Elle aimait à proclamer qu'elle n'était pas intéressante. Cette explication en forme de déclaration de principe enchantait Julien.

Somme toute, imparfaitement construite physiquement, traînant derrière elle une montagne de contradictions venues de sa petite enfance, murée dans une sensualité qui n'avait jamais trouvé son vrai point d'application, elle rattrapait, maquillait et sauvait le tout par ce talent très rare de celles qui, conscientes du spectacle qu'elles donnent, savent faire de chacun de leurs défauts une sorte de qualité. La beauté de l'Oiseau était une beauté vraiment durement gagnée contre l'adversité.

— Salut, c'est toi, ça va ? Moi oui !

Elle disait toujours ça, ce n'était plus une phrase, mais plutôt un rituel. Ils allèrent dans un petit restaurant italien. Elle parlait en tout sens, en luttant avec les spaghettis. Elle jugeait les hommes pour ce qu'ils sont : peu de chose. Pourtant, périodiquement, elle aimait à croire que l'un d'eux était un cadeau du ciel. Après plus dure était la chute, et elle se rongeait les ongles. Face à lui, elle s'énervait, argumentant sur la vie qui n'est rien qu'une poignée d'eau. Elle était ce jour-là heureusement vêtue des oripeaux de l'époque et de sa génération, bottes, blouson, pantalon de toile et chemise américaine. Sa beauté juvénile paraissait confirmée par cet uniforme qui convenait de surcroît à ses gestes sémaphoriques...

Julien regarda sa montre. Dans six heures trente minutes, il saurait. Que faire de tout ce temps ? Alexandre. C'est ça, c'était lui, et pas un autre qu'il voulait voir tout de suite. Il voulait lui parler, lui raconter, lui demander conseil.

⁂

— Tu vas pas me refuser le petit chocolat du déménageur ?

Le bouchon de la bouteille de chirouble sortit du goulot avec un bruit de succion. Alexandre Cartaut remplit deux verres, en donna un à Julien et mâchonna son vin avant de l'avaler.

— Je le trouve un peu venteux comme le temps.

Alexandre avait comme tous les jours, comme d'habitude, une barbe de trois jours. A se demander quel jour il pouvait bien se raser ? Sa chemise était douteuse. Fallait-il qu'il en possédât, du linge sale, pour n'en jamais manquer ? Il regarda par la fenêtre la ville nouvelle qui dressait ses bétons au milieu des champs, et qui encerclerait bientôt sa petite maison de paysan versaillais. Courroucé, indisposé par l'époque autant que par la vue, il fourragea son nez d'un doigt vengeur.

— On rhabille le gamin ?

Il remplissait à nouveau les verres. Sa femme entrait, bien en chair, quarante-cinq ans, corsetée de près, les paupières lourdes peintes en noir, les cheveux blonds trop bien coiffés. C'était une ancienne prostituée du vieux quartier des Halles de Paris. Elle s'appelait Rosemonde. Elle avait le cœur tendre.

— Tu devrais pas boire, Alex, c'est pas bon pour tes candida.

Alexandre souriait. Les parasites et les champignons qui peuplaient sa tripaille étaient entre autres des « candida albicans ». C'était un nom qui lui plaisait. Il trouvait que cela ressemblait à un titre de noblesse de la vieille Espagne.

— C'est très catholique. Très Philippe II, conquistador !

Tel un laquais d'une cour disparue, il annonça pour Dieu sait quel monarque :

— Le candida albicans, général en chef de la mer Océane !

Rosemonde connaissait son époux, et puis elle savait vendre du rêve, aussi répondait-elle en tonnant à l'écho.

— Faites entrer !

Elle sortit. Ils vidèrent leurs verres.

— On rhabille !

Re glou-glou dans les verres. Brusquement, Alexandre se mit en colère. Il voulait qu'on lui lâche les basquettes, et puis aussi la grappe, les vendanges d'après lui étant vraiment finies. Bref, il se plaignait en fait d'avoir reçu la visite d'un ami de Julien qui désirait lui acheter les droits cinématographiques de l'un de ses livres. D'après la description, il s'agissait d'une sorte d'aristocrate dont la gueule avait dû être tordue lors d'une méchante affaire ! A moins, doute effroyable, que cette pitoyable apparence ne soit due à la peste bubonique ou à une syphilis ancienne, une juteuse, pleine d'humeurs peccantes. L'échappé de la Cour des Miracles se prétendait auteur, acteur, metteur en scène, producteur. Une sorte d'homme-orchestre à la peau de lapin !

Comme Julien n'arrivait pas malgré le luxe de détails à situer le personnage, Alexandre précisait :

— Pas un coup de cidre ! Un tarbouif comme une girouette, des joues en ris de veau, des étiquettes qui volent bas pour écouter de travers. Une mine à se faire claquer le beignet. Je crois qu'il s'appelle Val d'Enfer.

— Roquenvert !

— C'est pareil. Il était flanqué d'un certain Francis Le Chafus.

— François Dreyfus.

— Bonnet blanc !

Alexandre ramona ses poumons, ouvrit la

fenêtre et cracha au loin. Malgré ses soixante-dix ans, il fumait encore ses quatre paquets par jour, affirmant aux médecins qu'il avait choisi de mourir jeune. Sa colère contre les deux cinéastes était opiniâtre.

— Ils faisaient que parler sous eux, tes amis, ce qui ne les empêchaient pas d'avoir le langage précieux, trop même ! Comme ils ne disaient que des médiocrités sur la dramaturgie, je leur ai conseillé d'aller se faire agrandir l'arrière-train à la cocaïne bleue sans douleur !

— Et qu'ont-ils répondu ?

— Rien. Ils avaient l'air surpris. Ils devaient être douteux. A preuve, ils sont partis !

Sa femme entrait, tournait sur elle-même, distraite, et puis elle prenait une écharpe posée sur un fauteuil et elle ressortait. Alexandre soupira, ses yeux se firent humides. Il dit en confidence :

— Avec elle dans le temps, sitôt que j'étais au lit, je touchais plus le matelas... Depuis que je ne baise plus, je crois qu'elle s'ennuie. Comme elle a le sens de la fidélité, elle n'a pas pris d'amant. Elle me trompe avec la bonne. Quel désenchantement ! Je paie une jeunesse pour me faire le ménage, et au lieu d'épousseter, elle se donne du style avec la femme que j'aime.

Avec deux doigts jaunis, il agita dans sa bouche une incisive branlante.

— Tout fout le camp, les dents, les yeux, le sommeil, l'espérance.

Pour tenter de le réchauffer, Julien lui parla d'autre chose, de la presse qui annonçait qu'il aurait sûrement le prix Nobel.

— Je l'aurai pas. J'aurai ce que je veux : rien ! Et toi, comment vas-tu ?

Julien lui raconta. Alexandre réfléchit un moment, leva deux bras maigres et immenses, des bras de prophète qui aurait trop jeûné.

— Le pire de la vie n'est sûrement pas la mort.

Il était maintenant rentré chez lui. Etendu sur son lit, par la fenêtre ouverte, il voyait les toits jusqu'à perte de vue. Le soleil descendait doucement. La rumeur fourmilière de la grosse ville folle montait doucement vers lui, à petits bruits, à petits sons, à petits bouts de phrases égarées. Tout au bord des mers, les plages devaient être pleines. Il pensa à Clara et aux enfants. Une curieuse brûlure lui traversa le cœur. Il prit place à sa table de travail : Mon cœur, Paris traîne sans vous. Les sourires des enfants me manquent pour écrire. Etes-vous au moins heureuse, la mer est-elle chaude, votre peau est-elle brune...

Mais il ne savait même plus lui écrire. Il ne trouvait pas les mots. Et comme il savait qu'il ne faut jamais les chercher, que c'est à eux de nous trouver, il déchira la lettre.

Huit heures. Dans soixante minutes, il saurait. Mais quoi qu'il puisse apprendre, serait-ce une surprise ? On sonna à la porte. C'était son chien, ou plutôt la concierge à qui il l'avait confié le matin et qui le lui ramenait. Pour la première fois, il avait oublié Marcellin-Berthelot. L'animal levait vers lui une truffe luisante, mouillée, réprobatrice. Il le prit dans ses bras. Ils se couchèrent l'un contre l'autre. Le fox tremblait. Son cœur tapait. Ses oreilles directionnelles étudiaient la nature et la provenance des bruits extérieurs. Julien se mit à lui parler doucement. L'animal se calmait. Il soupirait comme un je t'aime et s'endormait les pattes tendues.

Jamais, peut-être, Julien n'avait touché aussi précisément son propre dénuement. Il était dépouillé, lucide et tellement attentif au souffle de l'époque. Son siècle, sa vie, sa ville, ses amours, sa femme, ses maîtresses, son chien, son lit : il voyait tout. Il entendait même le silence. Pendant quelques minutes, il fut propriétaire de l'air qu'il respirait. Il ferma les yeux. Il fouilla sa mémoire. Il cherchait une impression ancienne, une émotion, mais laquelle ? Sous ses paupières closes défilaient son enfance, les premiers baisers de Clara, la fin des *Fraises sauvages* d'Ingmar Bergman, un petit déjeuner chez Colette peint par Vuillard... Et puis, une scène toute simple s'imposa à lui. C'était l'automne, il y a deux ans. Irène était enceinte de plus de huit mois pleins. Elle avait trente ans. Elle était assise en face de Julien dans le bureau directorial du journal. Elle attendait son mari qui était à l'imprimerie. Julien aussi. Elle tricotait en le regardant. Elle ne disait rien. Elle montait ses mailles avec application. Lui, il la connaissait à peine. Il trouvait qu'elle était belle à vous couper le souffle et peut-être le désir, tant elle en inspirait. Elle portait des bottes rouges à talons bottiers qui lui cambraient les pieds, des bas très clairs et des porte-jarretelles. Son gros ventre gonflé d'une vie à venir l'obligeait à se tenir en homme, les jambes écartées. Sa robe de soie lui coulait sur le corps. Sans qu'un seul mot eût été échangé, elle était au courant de ce qu'il ressentait. Peut-être même en fut-elle émue ? C'était un beau souvenir, une émotion sans suite. Mais ces instants-là ne sont jamais perdus. On peut y repenser et comme s'en nourrir. Il regarda sa montre. Elle indiquait neuf heures. Il décrocha le téléphone et composa le numéro de téléphone. Il était occupé. Il sourit. Il aimait l'ironie. Il recommença.

— Bonsoir, Monsieur, c'est moi que vous avez reçu ce matin au laboratoire de cytologie à l'hôpital Saint-Louis.

— Ah oui, très bien, comment vous dire, tout est en ordre. Les cellules prélevées sont tout à fait normales, votre formule sanguine est parfaite, enfin, vous n'avez rien.

— Rien du tout ?

— Oui, enfin pour le moment... vous êtes déçu ?

IX

— Tu me comprends ou bien tu ne suis pas ? Oublie donc ta Clara, ses robes et ses foulards. Si tu ne prends pas garde, après t'avoir inventé, cette femelle maudite causera sûrement ta perte. Concentre-toi, bon dieu, l'espace d'un instant. Tu le connais l'instant, l'éclair du temps qui passe et qu'on n'arrête pas ! Rassemble ton cerveau, écoute ! Moi je vais reprendre du début en suivant l'ordre des choses pour ne pas brouiller les esprits. Tout est vrai, au détail, au plus petit : c'était gare de Lyon à Paris. L'énorme locomotive à vapeur était sous pression, et la vis sans fin amenait le charbon de manière régulière depuis le fond du tender jusqu'au cœur de l'énorme chaudière. A ce moment précis, Pierre Laval replia la dernière édition de

Paris-Soir que son directeur de cabinet venait de lui donner. Autour de lui, venus le saluer, il voyait tout ce que la politique et la diplomatie comptaient de têtes notables. Monseigneur Maglione, nonce apostolique, s'entrenait avec Rollin, ministre des Colonies, Georges Mandel le prit par le bras, pendant que Pierre-Etienne Flandin le serrait sur sa droite. Ils remontaient le quai, le long des voitures pulmann brillamment éclairées. Dix fois ils furent arrêtés par les photographes qui le mitraillaient au magnésium. Brusquement, il heurta le général Denain, ministre de l'Air. Il semblait plus préoccupé que d'ordinaire. Il expliqua qu'il venait d'avoir Berlin au téléphone et que la prodigieuse soirée organisée par les dirigeants hitlériens à l'Opéra s'apprêtait à se dérouler dans des conditions mystérieuses, avec une protection militaire formidable qui rappelait celle qui avait annoncé les massacres du 30 juin. Lui, il levait la main pour apaiser les esprits. Pouvait-il être en Europe partout à la fois ? Devant sa voiture officielle, il serra la main de Suad, ambassadeur de Turquie, de Politis, le ministre de Grèce à Paris, de Spalaikovitch, ministre de Yougoslavie, de Osusky, ministre de Tchécoslovaquie. Il réussit même à avoir un bref aparté avec le ministre d'Autriche, Egger Moellwald. Toujours par une fenêtre de son wagon spécial, qui donnait sur le salon, il voyait sa fille Josée qui parlait avec François Mauriac et le comte Pignatti di Custoza, l'ambassadeur d'Italie, qui était lui aussi du voyage. Il regarda sa montre de gousset. Le train partait dans cinq minutes. Il alluma une Craven et constata que les doigts de sa main droite avaient encore jauni, puis il battit la semelle pour réchauffer ses pieds que les guêtres et les chaussures fines protégeaient insuffisamment. En réflexion, dans la vitre du wagon, il vit que sa cravate blanche était mal serrée. Il la rajusta.

— Monsieur le ministre des Affaires étrangères !

On le harcelait. C'était en effet maintenant le moment des ultimes déclarations. Les reporters et les chroniqueurs avaient leurs crayons et leurs calepins en mains, les caméras de Pathé Journal et de Fox Movietone étaient braquées sur lui.

— Messieurs, l'année 1935 ne commence pas sous des auspices trop noirs. Et je suis heureux d'aller à Rome pour sceller une amitié durable entre nos deux pays, et de pouvoir travailler avec M. Mussolini à l'œuvre plus que jamais nécessaire de réconciliation des peuples.

Vendredi 4 janvier 1935. Il était près de minuit et le train dévorait la nuit. Couché dans son lit, il regardait l'ampoule à filaments de sa lampe de chevet qui, sous son abat-jour de soie rose, accusait des sautes lumineuses au gré de la dynamo. Il n'avait pas sommeil. L'Europe centrale et ses problèmes berçait ses préoccupations au rythme régulier des roues passant d'un rail sur l'autre. Demain, il faudrait persuader le Duce de l'aider à obtenir de l'Allemagne une adhésion à une convention de non-ingérence dans les affaires de l'Autriche. Il serait aidé en ce sens par la Hongrie qui proposait d'ouvrir à Rome une conférence des puissances de la Petite Entente et de l'Autriche, et puis il disposerait également du soutien tacite des Bolcheviques. Potemkine, l'ambassadeur d'U.R.S.S. à Paris, le lui avait clairement laissé entendre. Oui, de l'équilibre et de la paix en Europe dépendait le sort de notre plus précieuse richesse, l'empire colonial. Il aurait bien du mal à Rome. Les rectifications des frontières actuelles Tchad-Tripolitaine touchaient des intérêts vitaux. Si l'Italie prenait pied au sud du désert de Libye, c'était tout le Sahara oriental qui pourrait un jour être menacé. La sécurité de l'A.E.F. et de l'A.O.F. dépendait de cette frontière naturelle, dont nous avions la propriété depuis les accords franco-anglais de 1899. Mais avant la préservation de notre patrimoine extérieur, il y avait nous, une France malade, un climat social dégradé, la faillite de Citroën, le chômage et l'instabilité de nos cabinets ministériels. Hier encore président du Conseil, il n'était plus aujourd'hui que ministre des Affaires étrangères. Quel titre aurait-il demain pour se faire écouter ? Et puis l'Angleterre, plus que jamais ennemie héréditaire, nous trahissait sans vergogne. Baldwin ne venait-il pas de modifier à la demande de Berlin un discours qu'il avait prononcé à la Chambre des Communes, discours qui traitait de la suprématie numérique terrifiante de l'aviation de guerre allemande ? Hitler dictait sa loi à Londres par l'intermédiaire de Sir Eric Philips, ambassadeur à Berlin, et Baldwin avait réduit de moitié les chiffres des effectifs de la Luftwaffe que lui avait transmis l'Intelligence Service, et cela dans le seul but de désamorcer les débats du Parlement français sur le péril que représentait l'impérialisme national-socaliste.

La nuit finissait, l'aube pointait. Le train entrait en Italie par le tunnel du Mont-Cenis. Il ne dormait toujours pas. Il cherchait en tous sens et en toutes directions d'où pouvait venir la Grande Alliance ? L'Amérique ? elle n'avait ni flotte de guerre ni armée véritable...

Florent soudain perdait son souffle, écrasait son mégot, ne voyait pas François Mitterrand qui venait de le saluer en passant, ni les autres dîneurs de la brasserie Lipp, allumait encore une cigarette, repartait. Ivre de mots. Exprès, depuis quelques semaines, il n'abordait plus avec Julien le sujet de son roman. Mais il savait le plaisir que celui-ci avait à l'entendre, plus que le plaisir, le besoin, celui de mesurer sur un autre le pouvoir magique des mots. Questionné par Julien sur Laval, il avait entrepris de lui démontrer qu'un destin n'est jamais écrit, qu'il est toujours fait de carrefours, et depuis une heure il faisait ainsi revivre, gratuitement, pour Julien seul, pour rien, toute une époque, celle où les grands de ce monde prenaient encore le train, celle des années tournantes, du grand vertige de l'Histoire. Il savait que Julien en retirait une sorte de joie, de confiance qui lui permettrait de poursuivre. Il l'obligeait, sans le lui dire, à croire en lui.

Florent, le génie foutraque. Sans lui, Julien n'aurait jamais vraiment écrit. Florent, l'ennemi, l'ami, qui jouait avec les écrivains comme avec des yoyos, qui ne lisait plus guère, mais qui savait reconnaître au poids la valeur d'un manuscrit, car s'il savait être marchand, il était aussi médium. Il manipulait les puissances d'argent et d'information avec une désinvolture triste et hautaine, créant ici une messagerie de presse, là une édition, là encore un journal. Sa renommée occulte était un fait public. D'origine allemande, petit-fils d'un général du haut Wurtemberg, aristocrate européen, français depuis 1914, tenant un sang juif fort par sa mère, et le goût du pouvoir de sa lignée militaire, il possédait tous les dons de l'esprit, avec les périls multiples et changeants que cela représente. Il aimait peu les femmes. Il n'aimait pas les hommes, mais seulement l'idée qu'il se faisait de certains d'entre eux. Son unique passion avouée allait au cirque. Un jour il en avait fait venir un du fond de l'Espagne. C'était une troupe d'enfants. De ces Olvidados, il avait fait des stars. Et puis les clowns exerçaient sur lui une fascination profonde. Sans doute trouvait-il que dans un monde absurde, ils constituaient la seule profession convenable, puisque basée sur la dérision. Oui, Florent avait toujours eu le don de forcer Julien à se regarder lui-même au fond des yeux, et par voie de conséquence à mieux regarder Clara. Peut-être que sans lui, Julien eût vécu cet amour-là comme sans y penser, sans en connaître l'importance ? Pourtant, Florent affectait d'ignorer cette femme, et elle le lui rendait. Elle n'avait pas accès à ce qu'elle appelait leur amitié d'homme, et lui, il ne voyait pas, il ne comprenait pas comment Julien pouvait être aliéné à un personnage qu'il considérait comme élémentaire. Mais en grand promoteur, Florent respectait l'inspiration de Julien, et la femme qui l'excédait dans la vie, une fois sur le papier, il la trouvait convenable et quelquefois parfaite.

Si Florent avait le pouvoir mystérieux de faire rédiger Julien, et cela sans rien demander, c'est peut-être parce qu'il réunissait en lui les pires qualités, celles auxquelles on ne peut résister : une volonté de fer, une intelligence étincelante, une folie constante et toujours maîtrisée. Florent, le renard-putois, l'ami-ennemi, plein de zones d'ombre, limpide et cependant indéchiffrable.

— Garçon, deux bières à la pression. Où sont mes pages ?

Il tendait la main. Julien lui donnait les derniers feuillets de son roman. Florent n'avait pas dit : tes pages, il avait dit : les miennes. Florent, Antigone ou bien Marchand de Venise, les deux sans doute ?

Il venait de plonger le nez dans ce texte tout frais, avec la suspicion d'un douanier qui cherche de la drogue, quand un homme entra dans l'établissement et mit le cap sur leur table. L'intrus avait les cheveux drus et courts. Sa mise distinguée évoquait le diplomate ou bien le cavalier. Il prit une chaise, posa son cul dessus, tout en se présentant avec une brusquerie où perçait le courroux. Il était noble, décoré, cousin de untel, beau-père de machin, administrateur de ceci, conseiller de cela. Il avait envoyé trois mois auparavant un manuscrit à Florent qui racontait l'histoire de sa tribu de la guerre de Cent Ans à nos jours. Il n'avait pas reçu de réponse. Ses relances et ses téléphones étaient restés sans effet. Or, il avait le bras long, il n'était pas le genre à se laisser manipuler. On allait voir ce qu'on allait voir. Il écrirait à qui de droit, et gare aux suites ! Il fit tant de bruits imbéciles que Florent explosa. Il surprit le fâcheux par un début qui lui parut encourageant :

— Monsieur, vous avez raison, c'est moi qui me suis trompé, je vous dois des excuses. Votre ouvrage est tout à fait bon, et tout à fait original. Malheureusement, les parties qui sont bonnes ne sont pas originales, et celles qui sont originales ne sont pas bonnes. Quant à votre Maison, quant à votre Famille, le moins qui se puisse dire, c'est qu'elle n'a jamais voyagé au-dessus du Lot ! Des pleutres, des serviles, des retourneurs de vestes. Il n'y a rien là-dedans qui mérite un récit. Moi, monsieur, j'ai des oncles pédérastes de père en fils depuis la troisième croisade, et l'un de mes aïeux paternels avait installé un bordel flottant sur une péniche à Sèvres pendant la Terreur. Il y imprimait tant de faux assignats qu'il fallut dévaluer plusieurs fois. Je possède également une arrière-arrière-grand-tante qui fut lesbienne d'élite sous le règne de Louis XIV. Elle faisait l'amour bottée, et tua en duel trois mousquetaires dont le marquis Dubois la Chartre, infernal bretteur, coadjuteur de Cambrai, et gentilhomme porte-coton ! Torcheur du roi, monsieur, torcheur ! Alors du vent, la paille au train et le feu dedans, sinon il va vous arriver du monde !

La vieille brasserie retrouvait tout à coup l'esprit et les échos des folles querelles d'humeur, telles qu'elles s'étaient pratiquées en France de Dumas à Jeanson. Julien proposa sa médiation. Le patron de l'établissement fit de même. L'aristocrate voulait se battre, et en duel ! Il finit même par proposer le pistolet. Florent proposa seulement de sortir sur le trottoir. L'offensé le prit mal, et d'une voix glacée réitéra son offre. Florent transigea. Il acceptait le hachoir ou bien le club de golf, car il donne bon genre. Tout le monde en vint aux mains. Il y eut des glapissements, pas mal de verre pilé, un pouce écrasé par un coup de cendrier et beaucoup de bruit pour rien. Ce fut épatant.

Quand ils sortirent tous de l'établissement, en direction du poste, encadrés de policiers en uniforme, Julien se rappela avec tristesse tout ce qu'il n'avait pas connu. Une certaine avant-guerre, une certaine douce France où les intellectuels se conduisaient comme des enfants terribles. Kessel mangeait des verres aux terrasses des cafés, Saint-Exupéry faisait des loopings par-dessus le monde occidental. Les surréalistes montés sur un trois-mâts centenaire tiraient au canon sur la citadelle de Saint-Tropez pour effrayer Colette et ses chats, Paul Morand sillonnait la France dans une Bugatti rouge pompier...

Ils étaient maintenant assis sur un banc du commissariat du quartier. La nuit glissait doucement. Des gendarmes jouaient aux cartes. Il faisait chaud. Ils n'étaient pas vraiment arrêtés, mais on leur avait donné l'ordre d'attendre qu'un officier de police les reçoive pour démêler leur affaire. L'aristocrate offensé fumait des cigarettes anglaises. Il souriait. Peut-être était-il sympathique ? Florent lisait les pages que lui avait données Julien. Brusquement, venant du dehors, un coup de frein, une portière qui claque, un brigadier qui entre. Il paraît fatigué, il s'éponge le front. Il vient d'y avoir un accident au carrefour Odéon, une jeune fille en voiture seule contre un gros camion, un choc épouvantable. Du sang partout, toutes les côtes enfoncées, elle crache du sang. Je l'ai portée jusqu'à l'ambulance. Il montre ses manches tachées de rouge sombre. Il boit une bière. Florent, le nez dans ses feuillets, n'a rien vu, rien entendu. Il met de la cendre partout comme à chaque fois qu'il lit. Et Julien, lui, sent tout à coup ses tempes qui se mettent à taper. Il revoit Clara sur un lit de l'hôpital de Bayonne, un poumon perforé, la respiration lourde et sifflante, la paupière droite démesurément tendue et qui cachait un œil qui avait pris les proportions d'une balle de tennis, les lèvres éclatées, noires, boursouflées, le cou truffé d'éclats de verre, la main gauche brûlée, le cuir chevelu décollé et relevé montrant un os frontal sanglant. Ses membres étaient cassés en plusieurs endroits. Elle avait vingt-deux ans. Elle rentrait d'Amérique. Tous les amis qui étaient avec elle dans la voiture étaient morts dans l'accident. Tous, même l'enfant qu'elle portait. En un centième de seconde, dans un éclair fulgurant qui défiait l'horreur du moment, Julien sut qu'elle ne mourrait pas. Elle reverrait le jour en face, elle reprendrait son vrai visage, et la vie lui rendrait et ses bras et ses jambes. Elle sourirait encore. Elle aurait des enfants, et même elle l'aimerait.

On les avait relâchés vers deux heures du matin, après qu'ils eurent fait la paix avec leur ennemi. Florent et Julien marchaient côte à côte. Le vent semblait balayer les rues comme à rebrousse-poil. Florent n'y prenait pas garde. Il avait ce soir-là le cerveau en rumeurs. Ça le prenait parfois. Dans ces cas-là, il devenait joyeux, inquiétant, terriblement exact. Il disait que les lettres à qui les observe et les sert avec passion révèlent l'ordre du monde. Il avait sûrement raison.

Ils se rendirent au café-concert de Renaud Mortagne et attendirent que Frédérique ait fini son numéro, puis ils l'emmenèrent souper. Elle portait un joli chapeau de paille qui lui donnait l'air d'une beauté d'avant guerre. Si on oubliait le décor, et qu'on ne regardait que son visage, on était à Deauville. D'ailleurs, elle réclama une sole, des crevettes grises, du pain, du beurre, et puis du blanc. Florent ne voulait rien. Il pensait tout haut : pour l'Europe, l'aventure politique et militaire était morte, mais la littérature pouvait encore l'emporter. Elle venait, elle arrivait à nouveau pour nous, l'heure historique d'écrire. Désormais, il n'y aurait plus d'ensembles, seulement des fragments, des êtres seuls.

— Quand personne n'est plus rien, nous redevenons quelqu'un. Ou alors, nous mourons.

Il s'était tourné vers Julien. Il le regardait

comme il savait le faire, par en dessous, et pourtant, bien en face.

Frédérique commanda une glace panachée. Elle regardait Julien en écoutant Florent.

X

Le pétrole était rare. Le temps était au gris. Déjà les hirondelles avaient quitté l'Europe. Au-dessus de Paris on voyait des fumées. C'était un jour de rentrée sociale et de rentrée des classes. La cour de la vieille école Napoléon III était pleine d'enfants. Les parents cherchaient la bonne classe, le nouveau maître, une section technique, un comité d'accueil. Bref, ce jour-là, les parents avaient des têtes concrètes. Les enfants au contraire allaient de gauche, de droite, le cartable sur le dos, les billes au fond des poches, se cognant au réel ainsi que dans les portes. Ils faisaient un vacarme diffus, tendu et brutal. Il semblait à Julien que tous ces futurs petits hommes se heurtaient à la vie dans un bruit de tambour crevé et lointain, un bruit avant-coureur de guerre à venir.

Il traversa la grande cour. Il tenait David par la main. Devant lui, marchait Clara avec Mathieu, le plus petit. Elle était habillée d'une jupe brune feuille morte, c'était vraiment l'automne. Elle était aussi coiffée avec un chignon sage qui lui dégageait la nuque. Il lui sembla que pour la circonstance elle s'était vêtue en maman. De temps à autre, elle se retournait et Julien voyait son regard tendre et pourtant hors d'atteinte. Il aurait aimé se faire rassurant. Seulement, il avait toujours eu peur des écoles. Les siennes, celles de l'occupation allemande et de la Seconde Guerre mondiale lui avaient laissé dans la poitrine un froid humide et carcéral. Soudain, elle s'arrêta et tourna sur elle-même. Elle tenait Mathieu contre son ventre et sa cuisse. Elle était inquiète. Elle n'aimait pas abandonner ses garçons et pourtant elle savait que plus vite elle les affranchirait, plus vite ils sauraient se tenir seuls et droits sur leurs jambes. Aussi, chaque jour, elle leur donnait de l'initiative, chaque jour elle s'arrachait le cœur. Elle fit un petit signe à Julien et puis elle disparut vers une classe enfantine.

Tout cela était convenu d'avance. Lui, il fit son travail. Il gagna la classe de David, et ce qu'il redoutait se produisit. En effet, son fils aîné avait mal travaillé l'année précédente. Aussi, il redoublait. Par un comble de malchance, une tragédie enfantine, de celle qui vous trempe le caractère en vous le saccageant, David était l'unique, le seul dans son cas. Dans un couloir obscur, aux murs marron foncé, tous les anciens copains regardaient le paria avec la cruauté que l'on a à huit ans. Ils se mirent tous ensemble à chahuter David. Julien serrait la main de son fils. Il la sentait devenir moite. Les plaisanteries tombaient comme des gouttes d'acide. Il fut pris d'une envie folle de l'emmener, de l'embarquer sous son bras, de lui apprendre à sauter le mur comme il l'avait fait lui-même si souvent. Mais il se rappela qu'il n'était plus en 1942, que le monde avait changé. La guerre n'était plus là pour servir d'alibi à tous les marginaux.

Il finit par trouver le professeur de David. Il lui parla un instant. C'était un gros affable, programmé et gentil, qui ne pensait rien sur rien, et ne s'exprimait que grâce au fatras des idées reçues.

Comme il était arrivé en avance et que le premier cours ne commençait que cinq minutes plus tard, il regagna la grande cour avec David. Elle était dégagée de presque tous les enfants. Les petites abeilles avaient trouvé leur place dans la vieille ruche-prison. Les parents agglutinés en groupes parlaient de choses et d'autres. Julien et David marchaient côte à côte.

— Tu crois que ça ira ?

— Oui, papa.

Et puis, d'un coup, le petit garçon se tourna vers son père. Il était calme et décidé.

— Mes amis, quelquefois, ils sont méchants, mais tu sais, je les aime. Je ne peux pas m'en empêcher.

Une cloche sonna. L'enfant regardait son père du sommet de son enfance. Il y avait dans son regard toute la douceur des premiers âges, celle de sa mère petite fille, celle de la haute Provence les soirs de printemps. Julien se rendit compte qu'à ce moment précis, dans cet instantané, David portait en lui toute la paix du monde. La cloche sonna encore. Le petit garçon tourna le dos et partit en courant. Il le regarda s'éloigner et disparaître. Il se rappela qu'il fut des temps anciens où il était aussi généreux que son fils. Enfant, il avait eu le cœur immense. Ce n'est que bien plus tard que tout s'était gâté. Des larmes lui brouillaient les yeux. Elles avaient dans sa bouche comme un goût d'avant-guerre, un goût de crevettes chaudes, et le souffle marin des cerfs-volants cubiques qui survolaient les plages aux marées d'équinoxe. Comme le temps passe. Combien de temps encore David tendrait-il l'autre joue, combien d'années ou de mois lui restait-il à sourire sans arrière-pensée, à prendre la cruauté pour un malentendu ?

Il traversa la cour à pas lents. Il ne voyait pas les gens, il les devinait. Une petite main glacée se glissa sous son bras. C'était la main de Clara. Ils ne se parlèrent pas. Il la raccompagna jusqu'à sa voiture. Il n'osait pas lui demander comment s'était passée la séparation d'avec Mathieu. Au moment de démarrer, elle l'invita à dîner pour le soir même. Il accepta. Il vit l'automobile s'éloigner et tourner à l'angle de la rue. Il était huit heures du matin. Il avait tout son temps, son premier rendez-vous n'était qu'à dix heures trente. Il entra dans un café où régnait une grande animation. Il commanda une bière et la but à petits coups en regardant les autres.

⁂

Il se fit beau comme on dit. Il se lava les cheveux, se rasa de près et mit une veste de sport bleu foncé. Il s'y sentait à l'aise. Elle ne le gênait de nulle part.

En entrant chez Clara, dans la grande pièce où la table du dîner était dressée, il vit l'éventail disparate de dix années de relations et d'amitiés communes. Jérôme qui buvait de l'eau et ne parlait pas, et à qui le Satrape essayait de vendre une histoire de pirate, à tourner aux Caraïbes sur un trois-mâts, propriété d'un pétrolier texan. Et puis une romancière féministe qui débitait ses slogans avec la douceur d'un marteau piqueur. Nubar Papazian l'écoutait d'une oreille, tout en parlant avec un journaliste charmeur aux origines arabes. Un peintre tourangeau, venu à Paris faire un décor de théâtre, avait amené sa petite amie. Mathieu et David vinrent dire bonsoir. Ils étaient en pyjama bleu et robe de chambre rouge, et firent une fête du diable au chien Marcellin que Julien avait amené. Clara portait une robe de paysanne d'Europe centrale. Une grande natte lui tombait dans le dos.

Au repas, on servit du pot-au-feu avec plein d'os à moelle, et puis une salade d'endives agrémentée de noix et de raisins secs. Le vin rouge était bon. On en but un peu trop. Xavier égrenait des plaisanteries acerbes. Jérôme finit même par sourire. Il n'y avait autour de la table ni conflits ni tension. Seulement la chaleur momentanée de gens contents d'être au chaud et ensemble. Ils en étaient au café quand un nouveau arriva. Il était beau. Il avait entre trente-cinq et quarante ans. Julien ne l'avait jamais vu. Pourtant, d'un coup, d'emblée, il le reconnut. Clara fut prise d'une soudaine gaieté. L'homme la regardait tout en disant bonsoir. A l'évidence, elle et lui partageaient un trésor. Les gens heureux sont comme les enfants, remplis de faux secrets et gonflés de projets. Si on est attentif, si on ne se ment pas, si on veut regarder, si on ne craint pas de souffrir, on reconnaît toujours tout de suite un amant de la femme que l'on aime. Ceux qui disent le contraire ne sont que des menteurs, des tristes qui s'accommodent, qui s'arrangent du mensonge et de leur lâcheté.

En voyant apparaître cet invité-surprise, Julien avait reçu dans la poitrine un coup incompréhensible. D'abord, il ne vivait plus depuis longtemps avec Clara. Ensuite, elle ne lui avait jamais caché qu'elle avait des aventures. Enfin, il respectait sa liberté. Et puis l'un des convives, qui avait partagé un moment l'existence de sa femme, était présent au dîner, et Julien avait toujours eu avec lui des rapports convenables, sans chaleur, mais sans haine. Il y avait maintenant des mois et des mois qu'il s'acharnait à aimer Clara plus que sa propre jalousie. Il savait qu'il ne pouvait préserver ce qui restait entre eux qu'en se conduisant mieux, différemment des autres. Il avait cru y être parvenu. Et pourtant, ce soir-là, ce nouveau venu lui parut effroyable. Une rage atavique lui faisait battre les tempes. Ses instincts animaux si longtemps dominés, planifiés, analysés, expliqués, jugulés, reprenaient le dessus, avec une force formidable. Il n'avait pas envie de frapper l'homme qui était devant lui. Il aurait voulu le tuer.

— Vous vous connaissez, Julien, mon mari, Alain...

Il n'écoutait pas Clara. Il ne voulait pas être présenté. Il ne voulait plus jamais en connaître un de plus. Comme il ne répondait pas et refusait la main qui lui était tendue, Clara finit par se taire. L'inconnu était décontenancé. Le silence gagnait peu à peu tout le monde. Julien sortit de la pièce. Clara le rattrapa.

— Tu es souffrant ?

Comme elle lui barrait la route, il la poussa de toute sa force. Elle alla rebondir contre le mur de l'entrée. Une minute plus tard, il était dans la rue. Il marchait vite.

— Je n'aime pas du tout l'amant de ma femme !

— Qu'est-ce que tu dis ?

Il revoyait chaque détail avec une extrême précision. C'était il y a longtemps quelque part en Savoie. La petite maison de Roland dominait le lac de Genève. Il neigeait. Sur la route tortueuse, on voyait des voitures qui passaient lentement dans un cliquetis de chaînes. Roland se tenait debout devant la fenêtre, tournant le dos à Julien, et ses mains fermées pendaient au bout de ses bras comme une menace. Il répéta sa phrase quatre fois de suite sur des tons sourds, mais différents, comme s'il avait voulu en éprouver la solidité.

Julien se taisait. Il savait que Roland avait une femme qui le trompait ouvertement avec un de ses amis. Cet ami fréquentait sa maison. L'affaire durait depuis des années, et les rapports des trois personnages semblaient aller de soi.

— Que s'est-il passé de nouveau ?

Roland se retournait. Il faisait de la tête un signe négatif. Et Julien comprenait au visage de son ami qu'aucun fait n'était intervenu. Il s'était seulement produit en Roland une modification. Tout à coup, après des années d'acceptation, il ne voulait plus, il ne pouvait plus supporter. C'était comme ça, pas autrement.

Julien entrait dans un café-tabac proche des Champs-Elysées. Il revoyait le divorce brutal et horrible de Roland. Il demandait un jeton de téléphone. Il composait le numéro de Clara. Tout en faisant du doigt le geste répétitif sur le cadran, il croyait entendre encore le bruit sec de la gifle donnée par Roland à sa femme. Elle ne comprenait pas. Elle criait au travers de ses larmes. Julien entendit la sonnerie, et puis on décrochait, et la petite voix claire de Clara résonnait dans l'appareil. Allô, oui, qui est là ? Elle n'avait jamais su téléphoner.

— C'est moi.

Il l'entendait respirer. C'était sans doute la première fois qu'il lui faisait peur. Peut-être lui avait-il fait mal en la poussant contre le mur ? Elle finit par dire doucement :

— Julien, mon pauvre chéri, tu deviens fou.

Elle avait raison, et cela décupla sa colère. Comme il ne pouvait pas la serrer dans ses bras, il se mit à l'injurier. Et puis il raccrocha. En sortant du café, il se souvenait de la fin du divorce de Roland, d'une rupture de Jérôme, d'une scène qu'il avait surprise, enfant, entre ses parents. Le présent, le passé, les souvenirs et une foule d'hypothèses sur son avenir proche, tout se juxtaposait. Il pensa qu'il écrirait tout cela. Il pensa qu'il n'était qu'une saloperie d'auteur. Il marchait toujours. La rue était déserte. A la réflexion, il lui sembla qu'il est des hommes doués pour être des hommes, construire des maisons, tailler du bois, élever des gosses, faire la guerre, du feu, du chaud, du tendre, du vrai, du solide, et puis d'autres, seulement capables de leur propre réussite. Peut-être ne cherchait-il plus des chagrins d'amour que pour faire des livres, des états de fureur que pour écrire des scènes ? Quelle misère, rien à lui, tout aux autres, tout projeté, tout filmé, tout vendu. Et cependant, la jalousie féroce qu'il éprouvait, elle était bien là, dans sa tête et dans son ventre. Alors ? Salope de Clara qui avait choisi de vivre avec d'autres plutôt que de couler avec lui, bonne femme, toujours et encore tournée vers la vie, jamais hantée par l'absolu, ne rêvant jamais de la mort, mais plutôt de soleil et de grandes vacances. Elle le trompait avec tout ce qui n'est pas important, des beaux types, des voyages, des crèmes de beauté, des crudités diététiques. Plus grave, elle le trompait même avec leurs enfants. Elle leur donnait tout, avec une ferveur hors de proportion. Existe-t-il une femme qui partage le labeur souterrain de celui qui compose, qui peint ou qui écrit ? Où est-elle donc celle-là ? Si on la trouvait, l'aimerait-on ?

Julien était revenu devant la porte de Clara. Il regarda sa montre. Elle marquait minuit trente. Il se mit à attendre sans trop savoir bien quoi. Comme il faisait froid, et que le vent soufflait, il alla s'appuyer dans le renfoncement d'une porte cochère. Le temps passait, inutile. Brusquement, la porte vitrée du hall de l'immeuble de Clara s'alluma. Après un temps qui lui parut très long, il la vit apparaître. Elle était accompagnée du nouveau, cet Alain. Fasciné, en proie à une rage fantastique, il les voyait sortir de l'immeuble. Lui, il leur emboîtait le pas. Il les suivait à distance. Il gagnait du terrain. Soudain, sans s'arrêter, Clara se retourna à demi. Elle l'avait vu. Elle continua sa route, pressa le pas, ralentit. Elle prenait le bras d'Alain. Elle lui demandait donc implicitement protection contre lui. Ce geste lui laboura le cœur. Il la voyait se pencher et dire quelques mots au nouveau qui voulait se retourner, faire face, mais elle l'en empêchait. Et il continuait à les suivre, et il sentait la peur de Clara grandir, et il en éprouvait un plaisir innommable. Enfin, cent mètres plus loin, ils s'arrêtèrent devant une voiture. Julien ne ralentit pas. Il voyait l'homme chercher ses clefs. Il la voyait prise de court, interdite, terrifiée. Il arrivait sur eux. Il s'arrêtait. Il regardait l'homme, puis sa femme. Il avait pour lui le poids du mariage, de la haine, du bon droit, du mépris et de l'aveuglement. Comme l'instant se prolongeait, le dénommé Alain dit à Clara qu'elle n'avait rien à craindre. Il n'avait pas fini sa phrase que Julien le frappa au visage. Le coup manqua son but et Alain esquiva comme peut le faire quelqu'un de jeune et d'expérience. Emporté par son élan, Julien tomba sur le capot de la voiture dans un bruit de ferraille proprement ridicule. Comme il se remettait debout, Clara parla de sa petite voix blanche qui ne mentait jamais. C'est à lui qu'elle s'adressait.

— Tu te trompes encore une fois, tu te trompes toujours...

Du geste, elle invitait Alain à ne pas la suivre. Elle se dirigeait vers son immeuble. Elle s'y engouffrait.

Alain monta sans un mot dans sa voiture et démarra. Julien resta seul. Il se souvint qu'il avait oublié son chien chez Clara. Il rentra chez lui. Là, assis sur son lit, il regarda à nouveau sa montre, et puis le téléphone. Mais il ne sonna pas.

Trois jours plus tard, on sonna à sa porte. C'était Clara. Elle lui parla très vite et très peu. Elle lui apprit qu'Alain n'était pas son amant, qu'elle le connaissait à peine, et que le soir de la bataille manquée, il l'accompagnait à une soirée. Et puis elle ajouta qu'elle avait une liaison avec un autre homme qu'il ne connaîtrait jamais. C'est du moins le serment qu'elle fit devant lui. En la regardant parler, il voyait toute son inquiétude, sa frayeur. Elle n'avait plus confiance, et telle qu'il la connaissait, il se rendit compte d'un fait nouveau qui allait peser lourd dans leurs rapports futurs. Il ne représentait plus pour elle une protection pour les enfants. Plus même, il faisait figure de péril. Elle se tenait debout, les mains plus furieusement croisées que jointes. Il la trouvait si belle. Il ne sut pas le lui dire. Elle repartit comme elle était venue, à petits pas rapides. La porte claqua. Il la guetta par la fenêtre. Il finit par l'apercevoir qui traversait la rue. Ainsi donc la certitude qu'il avait eue chez elle trois jours auparavant était fausse. Sa jalousie, maintenant passée et dépassée, avait été sur ce point sans fondement. L'échafaudage de colère, de possession et de violence qui s'était emparé de lui ce soir-là ne reposait que sur des malentendus : « On reconnaît toujours tout de suite un amant de la femme qu'on aime. » Il avait été si sûr de lui. Il lui fallait se rendre à l'évidence, car Clara ne mentait jamais. Cette nuit-là, tout n'avait été que construction de l'esprit, rêve, chimère, cauchemar, et le vrai rival, si Julien pouvait encore employer ce terme, le vrai était un autre, la vérité et la blessure étaient ailleurs. On connaît si peu de choses des êtres que nous aimons.

XI

« Capitaine de Boieldieu, vous pouvez ôter vos gants blancs. » C'était après Noël et Pierre Fresnay venait de mourir. Période creuse, crise économique, le restaurant était aux trois quarts vide. La lumière électrique qui tombait des lampes posées sur chaque table éclairait violemment les nappes et les assiettes, et comme par contrecoup, très doucement, les visages. Julien regardait et écoutait son père lui lire l'article que Jean Anouilh venait d'écrire sur le comédien. C'était un très beau texte paru le matin même dans un grand quotidien. Il voyait la buée d'émotion derrière les verres des lunettes, il entendait la voix chanceler, l'émotion était impérieuse : « Quand on est jeune vos premiers morts vous font honte. On a l'impression d'être un voleur. On a encore tant de choses à faire. »

Un sommelier servait à boire, et son père se taisait. Les verres se remplissaient. Le whisky faisait tinter la glace, et la lecture reprenait... « Et puis, on finit tous par avoir à peu près le même âge, et, la peine en plus, les adieux qu'on se fait ne sont plus que des politesses amicales devant la porte... » Son père plia le journal et le posa à côté de lui sur la banquette où il était assis. Il ne fit aucun commentaire. Il avait été l'ami de Fresnay pendant plus de trente années, et il connaissait Anouilh depuis aussi longtemps. Il était à peu près de leur génération, et quand un proche partait, il pensait lui aussi que ce n'était plus un adieu, mais bien une politesse amicale devant la grande porte... Bientôt, le chagrin et l'alcool aidant, le père et le fils s'animèrent. Ils se voyaient peu souvent et ils étaient contents d'être ensemble un moment. Ils évoquèrent des souvenirs, de ceux que la mémoire adoucit de poésie. Julien écoutait raconter la jeunesse de sa mère, sa propre enfance et la guerre.

S'ils étaient là tous les deux ce soir-là, ce n'était pas seulement un heureux hasard. Il y avait préméditation de part et d'autre, presque complicité. En effet, cette année-là, l'Oiseau connaissait une notoriété considérable.

Ses chansons inondaient les antennes des postes périphériques, ses photos, habillée ou non, remplissaient les pages de papier glacé des magazines pour messieurs. Pendant des mois, son père n'avait rien osé demander à Julien, et puis un jour de rencontre fortuite, il lui avait dit les yeux mi-clos, la cigarette au bout des lèvres : « Je me suis laissé dire que tu voyais pas mal cet Oiseau ! » La voix avait un côté goguenard, inusité, qui laissait supposer de la timidité.

— Quel Oiseau ?

— Tu sais bien, cet oiseau-là. On ne parle que d'elle, radios, télés et gramophones ! Elle est partout ! Et puis, elle a des yeux à se damner ! Je ne te parle pas de son jarret !

C'était une requête. Celle d'un vieux monsieur qui d'ordinaire ne voyait plus d'intérêt à rien, mais qui avait beaucoup aimé et sa femme et les femmes. Julien fut ému. Il organisa un dîner. Ce fut une entreprise délicate. Son père qui avait toujours mille affaires en route vivait fort peu en France et l'Oiseau avait un calendrier de ministre. Entre le souhait non explicitement formulé mais seulement espéré, et le jour du repas, plus de trente jours s'écoulèrent. Et voilà, ils étaient là, ils attendaient, et l'Oiseau qui n'avait pas précisément avalé une montre n'arrivait pas. L'heure tournait et Julien se rendait compte que ce jour de fête, qui tombait finalement un jour de deuil, s'annonçait plutôt mal.

Enfin, elle apparut. Elle chaloupait dans son costume d'homme façon Marlène. Tout de suite, son père et elle se plurent. Tout de suite, ils firent donner toutes leurs réserves de charme. Julien se disait qu'ils étaient l'un et l'autre de pas mauvais acteurs. Pendant une heure et demie, oubliant son âge, ses soucis, ses chagrins, le vieil homme retrouva ses vingt ans. Il était drôle. Il était gai. Ses yeux s'éclairaient. L'Oiseau et lui ne parlaient pas précisément la même langue. Il lui parlait bonheur. Elle répondit plaisir. Il lui vantait le Trouville de son enfance où elle n'avait jamais été. Elle lui répondait Perpignan qu'il ne connaissait pas. Il n'aimait que la pluie et le crachin normand. Elle ne se supportait que toute nue au soleil. Il cita Alfred de Vigny, et elle Johnny Hallyday. Jamais sans doute un humaniste patenté n'avait dialogué aussi longtemps avec un des piliers de *Salut les Copains*. Et pourtant, malgré cette conversation de sourds, pas de malentendus, seulement une joyeuse chaleur. Il la fit rire, ce qui eut pour effet de la rendre confiante et douce. Parlait-il vraiment à l'Oiseau, ce n'était pas certain. Plutôt à l'avant-guerre, à sa jeunesse perdue, à d'autres femmes qu'il avait dû connaître en d'autres temps. Elle, peu habituée aux échanges intellectuels, écoutait le vieil homme qui semblait se promener au travers de l'Histoire comme certains jeunes gens arpentent les boulevards. Pour Julien, c'était beau de voir un de ses semblables, son semblable, son père, faire resurgir de l'ombre toute sa séduction.

Quand la soirée prit fin, quand l'Oiseau fut parti, le rideau retomba, et la vieillesse reposa son masque sur le visage de l'homme qui n'était redevenu jeune que l'espace d'un instant.

⁂

Julien accompagna son père à la gare de Lyon, où un train de nuit devait l'emmener en Italie. Non loin du quai, dans le grand hall, en achetant des journaux, sous les néons accusateurs d'un kiosque, il demanda à Julien :

— Et ta femme ?

Julien répondit qu'il croyait qu'il ne la voyait plus.

— Comment cela, tu crois ? Que veux-tu dire, explique-toi ?

Il en était bien incapable. Il ne savait plus parler d'elle qu'avec des mots décalés, et ses rêves se mélangeaient sans cesse avec une réalité imprécise. Mais les faits ! Pratiquement, il ne la voyait plus. Pourtant, il l'apercevait. Ils se croisaient entre deux portes. Plus rien n'était clair. Rien n'était résolu. Que restait-il donc en suspens ? Et puis il n'avait pas envie de parler de ça avec son père. D'autant qu'il savait bien ce qu'il disait à ses amis : « Julien préfère gâcher sa vie avec cette femme-là, plutôt que de la réussir avec une autre. Il écrit des livres sur elle, mais contrairement aux romanciers adultes qui racontent des choses exactes, et qui ont la pudeur élémentaire de mettre de faux noms, lui, dans ses « récits-vérité » fait imprimer les vrais noms et ne dit que sottises noyées dans la confusion. »

Son père disait somme toute un ensemble de contre-vérités qui constituaient un négatif de sa véritable pensée. Car sa propre pensée, et son propre jugement, trop lucides sur toute chose, lui faisaient peur. Il faut dire qu'en plus de ses désillusions, il était affligé d'une culture terrifiante. Il savait tout. Mais, hélas pour lui, il n'avait rien oublié.

La neige se mit à tomber. Au moment où le train démarrait, sans trop savoir pourquoi, Julien sauta dedans, avec pour unique titre de transport son ticket de quai. Après tout, plus rien ne le retenait cette nuit-là à Paris, et il n'avait pas de travail avant la semaine suivante.

Ils partaient donc tous les deux. La voiture-lit était aux trois quarts vide, et ils n'eurent aucun mal à obtenir deux compartiments communiquant. Paris fuyait sa banlieue. Déjà les lumières se faisaient rares. Il y avait pleine lune. La campagne était blanche.

— Ta mère, tu sais, ta mère...

Son père n'en disait pas plus. Un geste des deux mains évoquant l'énervement et aussi la tendresse tenait lieu de discours à cet homme qui n'aimait plus vraiment les mots. Julien eut alors la conscience exacte de sa filiation. Avant d'être lui-même, il était d'abord le fils de celui qui était assis devant lui. Pourtant, ils n'avaient pas d'idées communes. Mais mon Dieu, les idées... Alors, quel était donc le lien si puissant qui les attachait l'un à l'autre ? Le veuvage sûrement. Pour Julien, c'était Clara, pour son père, c'était sa jeunesse. L'un et l'autre le savaient, et aussi ne le savaient pas. Chez eux, la nostalgie venait par à-coups, comme des bouffées, et ils en étaient à la fois heureux et désespérés. Oui, ils étaient deux veufs. Le vieux, d'une certaine Europe, le jeune, d'une certaine femme. Et là où convergeaient leurs destins, c'est que l'Europe du père était encore bien vivante, mais qu'il n'avait plus le pouvoir de l'aimer, et que le fils portait le deuil d'une femme magnifique, d'une santé éclatante, dans la plénitude de sa beauté.

Le père de Julien s'était endormi la lumière allumée. Les wagons-lits anciens aux boiseries d'acajou craquaient doucement. Le décor fit penser Julien au récit de Florent sur Pierre Laval et sur les carrefours de l'Histoire. De son lit, par la porte de communication qui était restée ouverte, il voyait le visage douloureux prisonnier d'un songe mélancolique.

Où allait-il, que faisait-il ? Il rédigea un mot tendre, le posa sur son lit. Il descendit à Lyon, comme un voleur, sans réveiller ni son père ni le conducteur de la voiture-lit.

Un autre train de nuit le ramena à Paris, mais cette fois en seconde classe, avec quelques soldats, qui riaient et chantaient et faisaient des projets.

XII

Un jour qu'il était sorti, Clara passa chez lui. Elle avait une clef et venait environ une fois tous les deux mois changer quelques ampoules électriques mortes, vérifier le linge de maison, et s'assurer que la femme de ménage donnait bien les costumes fripés à nettoyer chez le teinturier. Cette protection ménagère à distance était une survivance de rapports lointains qui avaient précédé leur mariage. En rangeant sa table de travail, elle avait retrouvé un manuscrit inachevé. Comme il datait ses pages, elle s'était aperçue qu'il y avait longtemps qu'il n'avait rien écrit. De sa petite calligraphie vigoureuse, volontaire, elle avait tracé sur le buvard rouge : « Il faut travailler, Julien, tu as un beau langage. Il pleut comme il pleut au milieu de l'hiver, crois-tu que les enfants voient passer les saisons ? » Au fond, il suffisait de quelques mots pour que tout reparte, et que tout resurgisse. Le feu couvait, il n'était pas éteint. Seulement, il fallait veiller sur lui, l'entretenir. Il était une phrase d'*un amour de Swann* que Julien n'avait jamais oubliée. Elle renfermait toute la peur de celui qui aime et qui tremble de voir s'arrêter l'amour qui le nourrit : « Jadis, ayant souvent pensé avec terreur qu'un jour il cesserait d'être épris d'Odette, il s'était promis d'être vigilant et, dès qu'il sentirait que son amour commencerait à le quitter, de s'accrocher à lui, de le retenir... » C'est ça, il faut réchauffer, préserver, réparer, réinventer nos amours, sinon elles nous quittent et on reste dans le noir. Il faut aussi analyser aujourd'hui pour envisager ce que sera demain, ne jamais laisser s'endormir l'imagination, cet outil de toutes les stratégies, et puis enfin, ne jamais oublier le jour et l'heure de la naissance d'un amour. Si on ne le connaît pas exactement, il faut fouiller les souvenirs, remonter la filière pour saisir le noyau. Ce n'est pas un hasard quand deux êtres se rencontrent vraiment, c'est le destin, c'est les dieux, c'est la vie même. Oui, ce n'est pas parce que deux nuages se rencontrent qu'un éclair jaillit, c'est afin que l'éclair jaillisse que les nuages se rencontrent. Alors, si on prétend aimer, on doit se graver dans la tête et le cœur le jour et l'heure où éclata l'orage. Sur ce point très précis, Julien n'était pas en défaut. Il savait.

C'était il y a longtemps, très longtemps, dix-huit ans plus tôt, le 26 du mois de mai. Sur la rive gauche de la Seine, entre la rue de Varenne et la rue de Grenelle, l'immense maison des parents de Clara était en fête. Car hier, en ce temps-là, il y avait encore pour les grands bourgeois, même peu fortunés, des hôtels particuliers, des vrais, du dix-huitième siècle, des miracles, avec un rez-de-chaussée ahurissant, donnant côté rue sur une cour carrée, et de l'autre sur un jardin secret prisonnier de grands murs, et puis d'autres jardins, invisibles, inconnus. De l'ensemble se dégageait une impression de poésie bohème. Le père de Clara, physicien éminent, l'avait loué avant la Seconde Guerre mondiale. Sa profession et les recherches qu'il faisait pour le compte de l'Etat le protégeaient de toute expulsion. Sa femme et lui avaient le goût des arts et du monde, avec tout ce que cela suppose de légèreté et parfois, aussi, comme inconsciemment, de profondeur. Leur hospitalité était renommée. La maison était un lieu ouvert au premier venu qui savait plaire et se faire adopter. Les objets rares, les enfilades de pièces aussi vastes que hautes, les peintures des murs délavées par le temps, les boiseries écaillées, les éclairages indirects, ou bien au ras du sol dans le goût Arts Déco, faisaient de ce décor inachevé et somptueux, un lieu privilégié. Cette roulotte de luxe faisait penser à Cocteau, à ses *Enfants Terribles*, et puis à Giraudoux. Elle était le reflet de ses occupants, deux êtres d'exception, pas très faciles à vivre. Peut-être s'aimaient-ils trop ?

Ce soir-là, la douceur de l'été, la nuit claire, tout contribuait à la gaieté. Sur la pelouse, dans les salons, plus de deux cents personnes. Le vieux valet de chambre de la maison, aidé de la cuisinière et de la femme de chambre, passait les plateaux. Le champagne pétillait. Les filles de bonne famille semblaient souvent vêtues de quelques vieux rideaux. Les jeunes gens avaient les cheveux courts, la nuque rasée et des nœuds de cravate ridiculement petits. Le corps médical, la politique et les sciences étaient représentés. On croisait des peintres, des sculpteurs et puis des vieilles duchesses, des marquis, des conseillers référendaires à la Cour des comptes, un décorateur fameux, des acteurs inconnus, et puis d'autres plus célèbres, une musicienne très laide, et des protestants, des grands, ceux des banques austères. Il y avait même deux écrivains dont l'un appartenait à l'Académie française. Oui, c'était bien le faubourg Saint-Germain et son train, tel qu'il avait survécu jusque-là au dix-neuvième siècle.

Tout cela eût sans doute été ridicule, s'il n'avait pas plané, sur cette société à l'abandon d'elle-même, un charme suranné, des odeurs de passion. Bref, ce n'était pas l'univers de Mauriac, plutôt celui de Stendhal, *la Chartreuse* et *le Rouge et le Noir,* puis aussi le Tolstoï de *Guerre et Paix.* Mathilde de la Môle, Mme de Rénal et Natacha, tout était retrouvé dans le visage de l'héroïne de la fête, une très jeune fille aux yeux immenses et au teint mat, Clara. Elle regardait tout le monde comme on fixe le vide. Elle avait une coiffure romantique et, surprise, outrecuidance, provocation, une robe de veuve joyeuse, toute de soie noire qui découvrait ses épaules tombantes et brunes, et mettait en valeur la minceur flexible de son cou. Elle tournait sur elle-même comme pour dire un mot qui ne lui venait pas. Timide, elle l'était, et sauvage, et rétive, et secrète. Il était si visible que la cérémonie lui faisait peur, et qu'elle eût aimé être seule et ailleurs, que Julien avait le cœur serré. Un orchestre composé d'étudiants des Beaux-Arts attaqua une valse. Il était logé dans l'immense salle à manger dont on avait retiré le mobilier et roulé les tapis. Un grand jeune homme aux cheveux coupés en brosse vint inviter la jeune fille à danser. Mais il fut éconduit gaiement par le maître de maison. Clara ouvrit donc le bal avec l'homme qui devait en fin de compte la marquer plus que tout autre, son père. C'était un vieux géant créole d'une beauté manifeste, et d'un charme diabolique. Il n'entendait partager sa fille avec personne. Il lui vouait un amour aigu, fait de silence et de gestes rares, d'une tendresse singulière et passionnée. Pour elle, il était bien sûr la référence et puis également, souvent, le barrage, le rempart entre elle et la vie. Mais il était aussi le chêne, le refuge, la mesure. Castrateur, il l'était, comme tous ceux dont la personnalité énorme retombe sur leurs petits. Adulte, elle sortirait de ses mains modifiée de son état naturel, façonnée par lui à d'étranges courages, imprégnée de vertus stoïciennes d'autre temps. En fin de compte, l'aurait-il abîmée ou construite ? Les deux sûrement. Ce genre de passion s'accompagne toujours de splendeurs et de dégâts terrifiants, et on aurait pu dire que Clara avait un père tellement hors d'atteinte qu'elle en était presque orpheline. Mais tout cela, Julien ne devait le découvrir que beaucoup plus tard. Pour l'heure, la fête se développait. Les jeunes se lançaient dans la danse, pendant que les anciens faisaient mouvement vers les buffets et les canapés.

Lui, il était là un peu comme une pièce rapportée. Ce monde fait de plusieurs milieux sociaux négligemment mêlés et qu'on appelle Paris, ce monde n'était pas le sien. Il ne s'y reconnaissait ni de gauche ni de droite. Et puis il était un jeune homme pauvre au sens le plus triste. Pas de vocation, pas fils de prince russe, pas comédien, rien. Ne sachant à qui parler, il se posta dans le jardin devant une fenêtre. De là, il voyait Clara qui valsait maintenant avec un garçon si comme il faut, sûrement un élève de l'Ecole polytechnique. Plus il la regardait, plus il sentait la panique que d'ordinaire les femmes faisaient naître en lui, plus cette peur-là le quittait. Rien dans ce visage de femme ne le menaçait. Julien ne sentait en lui aucune agitation passionnelle. Simplement, il dérivait. Tout à coup, il comprit qu'il venait de se mettre à aimer, sans coup de foudre, sans révolution, sans murmure.

On l'appelait par son nom, il se retournait. C'était la mère de Clara. Elle lui souriait en lui parlant. Elle était si distraite, et ses phrases n'étaient que des hasards de mots, accrochés les uns aux autres. D'un âge certain — elle avait eu sa fille à quarante ans —, elle conservait une beauté imposante et gaie, il répondait comme il pouvait que ça n'allait pas mal, et but une coupe de champagne qui lui donna le hoquet. Il ne savait que faire de lui-même. Il ne connaissait presque personne. On l'avait invité car il était voisin, et ses parents étaient intimes des maîtres de maison. Il n'avait pas fait d'études. Il était ambitieux. Il voulait conquérir Paris. Il ne savait comment s'y prendre, par quel métier commencer. Plus le temps passait, plus il ressentait au contact de tous ces gens une gêne obscure et envieuse. Lorsqu'une personne lui adressait la parole, il répondait avec une agressivité dont il était conscient, mais qu'il ne maîtrisait pas. Et puis sa chemise qui lui venait de son frère aîné lui serrait le cou. Il se sentait odieux, maladroit. Il l'était. En effet, la majorité des garçons présents sortaient d'une grande école. Lui, il sortait de la guerre. Non pas qu'il l'ait faite enfant, mais son père ayant eu une vie d'aventures, suivie à la Libération d'un exil dans un pays non francophone, l'éducation de Julien et celle de son frère avaient été réduites au strict nécessaire. Cette enfance en marge lui avait donné le goût de la démesure. Il finit par réussir à s'approcher de Clara. Il la connaissait personnellement très peu, et tout ce qu'il savait d'elle et de sa famille lui avait été raconté par sa mère. Il lui dit qu'il l'aimait et voulait vivre avec elle. Elle le crut égaré, et elle se prit à rire pour la première et unique fois de la soirée. Ensuite, elle lui répondit qu'elle n'était pas libre, qu'elle se mariait à la fin du mois, et puis qu'elle partait avec son mari pour l'Amérique avec l'intention de s'y établir.

Elle fit rigoureusement comme elle avait dit.

Lui aussi.

Elle divorça pour l'épouser dix années plus tard.

La soirée touchait à son terme. Les notables prenaient congé. Clara et ses parents serraient des mains par dizaines. Dans les salons, on éteignait les candélabres. Toutes les fêtes ont une fin.

⁂

Oui, c'était bien ce soir-là que tout avait commencé. Avait-il choisi, avait-il été choisi à son insu ? Une chose est certaine, il avait eu conscience, avec une netteté et une précision rigoureuses, de tout ce qu'il vivrait plus tard avec cette femme. Il en avait eu la projection globale, comme un médium. C'est la raison pour laquelle il n'avait été ni surpris ni malheureux qu'elle ne soit pas au courant qu'un jour elle l'aimerait, et que plus tard encore, elle cesserait de l'aimer vraiment. C'est pour cela que deux ans plus tard, lors de son terrible accident de voiture, il avait su qu'elle ne mourrait pas. Les dimensions du temps, passé, présent, futur, se fondent devant ce que l'on pourrait peut-être appeler les phénomènes humains de l'absolu. Certains états d'amour, certaines visions mathématiques, géométriques, picturales ou musicales ont pour effet étrange de mettre le temps à plat. Dans ces cas très rares, dont la durée de perception est faible, notre existence nous apparaît non plus dans le désordre, comme une suite de jours, de mois, d'années épars, additionnés et dont on ne connaît de la fin que l'issue commune, mais enfin comme une unité de mesure. On ne voit plus un tas de poutres, on voit la charpente construite. Plus d'amas de pierres taillées, la maison est debout. Il y a comme ça des moments de rencontre entre ce que nous sommes et notre propre destin. Dans ces jours de gloire secrète et incommunicable, nous voyons la courbe, le sens et la durée de notre vie. On la tient, on la touche, comme une pièce d'étoffe déroulée et tendue sur un comptoir.

XIII

Le dernier film qu'il avait écrit pour Xavier Richier fut un échec noir. La raison leur commanda à l'un et à l'autre de se séparer pour travailler chacun de son côté. N'ayant plus de préoccupations et d'espérances communes, ils cessèrent de se voir. Jérôme, lui, se mit à tourner en Italie, puis au Japon et en Amérique. Julien le perdit de vue, sans bruit, avec chagrin, sans l'oublier.

Un à un, les rouages importants de sa vie semblaient se disloquer.

Un dimanche, chez des amis à la campagne, Marcellin-Berthelot se fit écraser par une automobile. Julien mit son corps démantibulé dans un sac, creusa un trou et l'enterra. Pour tenter de se consoler, il se répétait que ce n'était somme toute qu'un chien qui venait de mourir. Mais le chagrin ne connaît pas la raison.

Les jours passèrent. L'hiver partit. L'été revint. Le temps était élastique, deux pas en avant, deux pas en arrière. Rien de rien. Il ne voyait plus Clara. Seulement les enfants, de temps à autre. Son fils aîné avait pris l'habitude de lui téléphoner : Allô, papa, c'est pour une devinette. Comment font les éléphants pour descendre des arbres ? Ils se posent sur les feuilles et ils attendent l'automne. Pas bête, non ?

Il écrivait un film, et puis aussi un livre. Il avait beaucoup de mal. Il n'avait plus de maîtresse. Il était vraiment seul. Parfois, il se demandait s'il n'avait pas tout rêvé ? Mais non, les enfants étaient là, avec leurs petites voix, leurs jambes pour courir, et leurs éléphants dans les arbres pour rendre la vie jolie. Mais non, l'amour existe. Seulement, il est comme l'amitié, une passante frileuse, un jour ici quand il fait beau, demain là-bas sous le soleil.

Un matin de juillet, alors que Paris repartait vers les plages, on sonna deux coups brefs à la porte. Comme il avait travaillé toute la nuit, il faillit ne pas entendre, ne pas aller ouvrir. C'était Clara avec une chemise d'homme aux manches relevées sur les avant-bras, avec une jupe de coton, et aux pieds, des espadrilles bleues. C'était elle sans maquillage, avec une figure lavée au vrai savon, et ses cheveux longs coiffés en nattes dans le dos. Elle avait le museau aigu des renards qui chassent les soirs de lune rousse. Elle avait l'œil pointu, et ses lèvres étaient serrées sur tout ce qu'elle comptait bien ne pas dire.

Comme elle n'entrait pas, comme elle ne bougeait pas, il la prit par le bras et lui fit franchir le seuil. Elle referma la porte. Elle voulait lui reparler d'amour. Elle lui en reparla. Et c'était des mots lourds et doux comme la soie, des mots tant attendus qu'il ne savait presque plus les croire et les entendre. Elle avait des gestes parfaits, pleins de courbes entrecroisées comme les rosaces des cathédrales. La nuit mangea le jour avant qu'il fût midi.

Et pourtant, comme il était fou, quelle erreur de jugement. Tout miser sur une simple femme, une bête qui mord autant qu'elle caresse, avec une petite tête dure comme le fer où les idées des hommes n'entreront jamais, une bête, belle comme un dieu païen, et si vulnérable avec son ventre qui saigne toujours une fois le mois... Et pourtant, ceux qui voient le soleil dans les yeux d'une maîtresse, et lisent leurs blessures sur des lèvres peintes en rouge, et la houle du large dans les hanches d'une femme, ceux-là voient bien plus loin que la plupart des autres.

Le lendemain, il se réveilla seul. Reviendrait-elle ? Il faut toujours avoir peur. Il faut toujours se voir pour la dernière fois.

ACHEVÉ D'IMPRIMER LE
5 MAI 1977 SUR LES
PRESSES DE L'IMPRIMERIE
BUSSIÈRE, SAINT-AMAND (CHER)

PRESSES POCKET
8, RUE GARANCIÈRE, 75006 PARIS

Dépôt légal : 2e trimestre 1977.
— No d'édit. 1161. — No d'imp. 1903. —